CPSIA information can be obtained
at www.ICGtesting.com
Printed in the USA
BVHW051310230123
656892BV00017B/600

9 788196 054113

آغازِ ہستی

(برنارڈ شا کی ایک مشہور تمثیل کا ترجمہ)

از:

مجنوں گورکھپوری

© Taemeer Publications
Aaghaaz-e-Hasti
by: Majnun Gorakhpuri
Edition: January '2023
Publisher & Printer:
Taemeer Publications, Hyderabad.

ISBN 978-81-960541-1-3

کتاب	:	**آغازِ ہستی** (برنارڈ شا)
مصنف / مترجم	:	**مجنوں گورکھپوری**
صنف	:	فکشن
ناشر	:	تعمیر پبلی کیشنز (حیدرآباد، انڈیا)
زیرِ اہتمام	:	تعمیر ویب ڈیولپمنٹ، حیدرآباد
ترتیب / تہذیب	:	مکرم نیاز
سالِ اشاعت	:	۲۰۲۳ء
تعداد	:	(پرنٹ آن ڈیمانڈ)
طابع	:	تعمیر پبلی کیشنز، حیدرآباد - ۲۴
صفحات	:	۸۸
سرورق ڈیزائن	:	مکرم نیاز

مقدمہ

دُنیائے مغرب میں اُنیسویں صدی کے اواخر کی سب سے اہم تحریک جو ابتک قائم ہے "منثور تمثیل" (PROSE DRAMA) کا احیا رہے۔ آجکل منثور تمثیل میں زندگی کے اہم اور سنجیدہ مسائل کے حل پیش کئے جا رہے ہیں تمثیل پھر ایک ادبی صنف اور نہایت ممتاز صنف سمجھی جانے لگی ہے۔ اور اس کو زندگی کی تنقید و تاویل کے ممتاز ذرایع میں شمار کیا جانے لگا ہے۔

اگر اس نئی تحریک کے اسباب کا پتہ لگایا جائے تو ان میں ہم کو ناروے کے مشہور تمثیل نگار "ابسن" کے اثر کو نمایاں جگہ دینا پڑے گی جس نے دنیا کے معمولی اور عامتہ الورود حالات و معاملات کا غائر اور بلیغ مطالعہ کیا۔ اور ان سے نہایت وقیع اور اہم روحانی اور معاشرتی نتائج اخذ کئے جن کو اس نے تمثیلات کی صورت میں پیش کئے۔ اُنیسویں صدی کے اواخر میں یہ اثر انگلستان میں پہونچا اور وہاں کی تمثیل گاہوں کو متاثر کیا۔ دیکھتے دیکھتے تمثیل معاشرتی اور تمدنی مسائل پر اپنے اپنے خیالات پیش کرنے کا ذریعہ بن گئی۔ اسی زمانہ میں آئرلینڈ کے مشہور تمثیل نگار

"آسکر وائلڈ" کی استہزائیہ تمثیلوں کی دھوم ہونے لگی یہ تمثیلیں تکلف اور تصنع سے بھری ہوئی ہیں لیکن ان میں اقتضائے زمانہ کے مطابق یہ کوشش صاف ظاہر ہے کہ زبان اور اسلوب پر خیالات کو مقدم رکھا گیا ہے۔ اس تحت میں سب سے خلوص اور جرأت کے ساتھ جس نے انگریزی تمثیل کو سدھارنے اور اسکو حقیقت کا حامل بنانے کی کامیاب کوشش کی وہ "برنارڈ شا" ہیں۔

(۳)

"برنارڈ شا" سے انگریزی تمثیل کی نئی زندگی شروع ہوتی ہے اور اسکا محرک "ابسن" ہے۔ "برنارڈ شا" نے اپنی ادبی زندگی کی ابتدا ایک فسانہ نگار کی حیثیت سے کی جس میں ان کو کامیابی نہیں ہوئی۔ اسکے بعد وہ تحریک اشتراکیت کے حامی ہو گئے اور اسوقت سے لیکر اب تک اپنے ہمعصر ایچ، جی ویلس کی طرح تمدنی اور اجتماعی مسائل کے حل وعقد میں سرگرم رہے ہے۔ وہ اس اشتراکیت کے روشن ترین ستاروں میں سے ہیں جس کو انھوں نے سمجھ رکھا ہے کہ دنیا کے انسانیت کی نجات کا ذریعہ ہو گی انکے اکثر نظریات کو اب قریب قریب ہر تعلیم یافتہ شخص تسلیم کرتا ہے لیکن ابتدا میں لوگ انکو ایک بناہو شخص سمجھتے تھے یا محض فاتر العقل۔

"برنارڈ شا" نے تمثیل کو اپنے مخصوص اصلاحی خیالات و آراء کے نشر و اشاعت

کا ذریعہ بنالیا ہے۔ انکے خیال میں فنون لطیفہ، علم و حکمت کے مقاصد کو بھی پورا کرسکتے ہیں۔ "برنارڈ شا" بہ یک وقت تمثیل نگار بھی ہیں اور مصلح و مبلغ بھی۔ انھوں نے تمثیل میں بالکل ایک نئی روح پھونکی ہے اور اسکو سنجیدہ معاملات و مسائل زندگی کا ہمسر بنایا ہے۔ "ڈکسن اسکاٹ" کا قول ہے کہ وہ ایک ایسا پیغمبر ہے جس نے مسخرہ کا بھیس اختیار کرلیا ہے تاکہ وہ اپنے پیغام کیلئے سُننے والوں کا ایک حلقہ پیدا کرسکے لیکن خود شا کہتے ہیں کہ سب سے بڑی ستم ظریفی یہ ہے کہ وہ ایک لمحہ خلوص اور متانت سے الگ نہیں ہوتے۔

انگریزی ادب میں پہلی دفعہ وہ مختلف معاشرتی اور تمدنی مسائل کے ایسے حل پیش کررہے ہیں جو مفصل اور مدلل ہیں اور ہر طرح جنچے تُلے ہیں۔ لوگ عقل و استدلال سے مایوس و برگشتہ ہو رہے تھے اور عام طور پر یہ سمجھا جانے لگا تھا کہ عقل میں اتنی صلاحیت ہی نہیں کہ حیات انسانی کے اہم مسائل کو حل کرسکے۔ برنارڈ شا کا قول ہے کہ ابھی تک ہم نے عقل کو کماحقہ اسکا موقع ہی نہیں دیا ہے کہ وہ کامیابی کے ساتھ ہماری رہنمائی کرے۔

"برنارڈ شا" کی ہر تمثیل ایک مباحثہ ہوتی ہے جس میں وہ مسئلہ زیر بحث پر ہر پہلو سے روشنی ڈال کر کوئی قطعی نتیجہ نکالتے ہیں۔ تمدن اور عمرانیت کی کوئی ایسی بحث

نہیں ہے جس کو انھوں نے اُٹھایا ہو اور جس کو تمام مغالطوں کے پردے فاش کر کے حقیقت کی روشنی میں طے کرنے کی کوشش نہ کی ہو۔ انکے ہمعصروں کے "چسٹرٹن" کی رائے ہے کہ وہ ہیئت اجتماعی کی پیٹھ پر ایک کوڑا ہیں۔ اور اس سے انکار نہیں کہ برنارڈ شا نے جماعت انسانی کے جتنے التباسات دور کئے ہیں اور رسم و رواج اور تقلید و روایت کے جتنے بت توڑے ہیں وہ کچھ انھیں کا حصہ ہے۔ مثلاً "کینڈیڈا" میں جوان کی ایک نہایت دلچسپ و نتیجہ خیز تمثیل ہے جہاں اور بہت سی باتیں بتائی گئی ہیں وہاں یہ بھی دکھایا گیا ہے کہ ایک "خادم کلیسا" کی بیوی کے لئے کوئی ضروری نہیں کہ وہ شوہر کی مذہبی قابلیت کی بھی معترف ہو جائے وہ کیسی دم دینے والی اور سر مٹنے والی بیوی کیوں نہ ہو۔ اسی طرح "فیلانڈر" نئی تہذیب کی آزاد اور تعلیم یافتہ عورت کی ہجو میں ہے۔ "تم نہیں کہہ سکتے" میں بھی اسی عورت کی ہنسی اڑائی گئی ہے۔ "قیصر و قلو بطرہ" میں تواریخ کے توہمات کا پردہ فاش کیا گیا ہے۔ "میجر باربرا" میں مکتی فوج اور جرائم اور افلاس کے مسائل سے بحث ہے۔ "اسلحہ اور انسان" عسکری اکتسابات کی ہجو ہے جس میں انھوں نے یہ ثابت کیا ہے کہ سپاہی کی بہادری اور دلاوری محض ان لوگوں کا حسن ظن ہے جن کو کبھی میدان جنگ سے کبھی سابقہ نہیں پڑتا۔ "سینٹ ژون" برنارڈ شا کی تازہ ترین تمثیل ہے۔ اس میں انھوں نے یہ بتایا ہے کہ "ولایت" کا صحیح مفہوم کیا ہے۔ گزشتہ جنگ عظیم نے اکثر اہل فکر کے خیالات میں تبدیلیاں پیدا کر دی ہیں

اس کے بعد "ایچ جی ولیس" کچھ مذہب کی طرف مائل ہو گئے۔ "برنارڈ شا" نے بھی جنگ کے بعد اپنے خیالات کو نمایاں طور پر بدل کر زیادہ قطعی اور واضح کیا۔ اب انھوں نے نہ صرف متفرق مسائل پر بلکہ ساری زندگی کی اصل و غایت پر محاکمہ کرنا شروع کر دیا ہے۔ اب ان کا ایک مخصوص فلسفۂ زندگی ہے جس میں فلسفۂ ارتقا کا کافی اثر نظر آتا ہے۔ ان کے فلسفہ کو مجملاً قوت حیاتیہ کا فلسفہ کہا جا سکتا ہے جس کو انھوں نے خصوصیت اور وضاحت کے ساتھ اپنی تین تمثیلوں یعنی "انسان اور فوق الانسان"۔ "بازبہ متوسلح" اور "سینٹ ژون" میں پیش کیا ہے۔

"انسان اور فوق الانسان" میں اس فلسفہ کی ابتدا ہوتی ہے۔ اسمیں عورت اور مرد کے اس معرکۂ جنسی سے بحث ہے جس کو عرف عام میں محبت یا جذبۂ زوجی کہتے ہیں عورت قوت حیاتیہ کی غایت کی تکمیل کے لئے کامیاب ترین آلہ ہے اور مرد جو اپنے کو فاتح تصور کرتا ہے دراصل مفتوح ہے اور اکثر "ایک صید بون" سے زیادہ اہمیت نہیں رکھتا۔ یہیں سے شا کے فلسفہ کی ابتدا ہوتی ہے۔ "قوت حیاتیہ" اپنا کام کرتی رہیگی۔ اور بالآخر وہی سارے نظام حیات کو جو اس وقت ابتر نظر آرہا ہے درست کرے گی۔ دُنیا کی اصلاح اور نجات صرف ارتقا کے ذریعہ ہو گی۔ ارتقا نام ہے "قوت حیاتیہ" کے آگے بڑھتے رہنے کا۔ کچھ عرصہ کے بعد "فوق الانسان" کا ظہور ہوگا جو انسان سے اتنا ہی برتر ہوگا

جتنا کہ انسان بندر سے ہے۔ اس اثنا میں نسلیاتی تہذیب و ترمیت کے ذریعہ بہت کچھ کیا جا سکتا ہے جس سے "فوق الانسان" کے ظہور میں سہولت ہو سکے۔

اب ہم "بازبہ متوسلح" تک آ گئے ہیں جو پانچ تمثیلوں کی ایک تمثیل ہے اور جس کی پہلی تمثیل کا ترجمہ "آغاز ہستی" اسوقت پیش کیا جا رہا ہے۔ یہ پانچوں تمثیلیں ایک دوسرے سے متعلق ہیں لیکن ہر تمثیل بجائے خود مکمل بھی ہے۔ پانچوں مل کر بنی آدم کی پوری ارتقائی تاریخ پیش کرتی ہیں اور ماضی اور حال اور مستقبل تینوں پر محیط ہیں۔ ابتدائے آفرینش سے لے کر اس زمانۂ استقبال تک جو ہمارے احاطۂ تخیل کے اندر آ سکتا ہے۔ شا نے انسان کے دماغی ارتقاء کا نقشہ پیش کرنے کی کوشش کی ہے۔ سب سے آخری زمانہ وہ ہے جس میں شا کے "فوق الانسان" پیدا ہونے لگے ہیں جو "قدیم" کہلاتے ہیں۔ پانچوں تمثیلوں کا خلاصہ یہ ہے: پہلی تمثیل میں ابتدائے آفرینش کے حالات ہیں۔ اس میں یہ دکھایا گیا ہے کہ قوت حیاتیہ کیسے متحرک ہوئی اور یہ دنیائے انسان کیونکر آباد ہوئی۔ دوسری تمثیل جس کا عنوان "برادران بازنابس کی بشارت" ہے زمانۂ حال سے متعلق ہے۔ اسمیں یہ ثابت کرنے کی یہ کوشش کی گئی ہے کہ اسوقت انسان تمدن و معاشرت میں اس وجہ سے ناکام ہو رہا ہے کہ اس کو کافی طویل عمر نصیب نہیں ہوتی۔ اس تمثیل میں مسٹر لائڈ جارج اور مسٹر اسکوئیتھ کے ساتھ تمسخر و استہزار کیا گیا ہے۔ تیسری تمثیل کا عنوان "وہ بات ہو گئی" ہے زمانۂ وقوع ۲۱۷۰ء ہے۔ اب کثر لوگوں کو ۷۰ برس سے زیادہ کی عمر نصیب ہو رہی ہیں لیکن

ہماری سمجھ میں نہیں آتا کہ یہ لوگ اس عمر کے باوجود کیا کارنمایاں انجام دے رہے ہیں۔ چوتھی تمثیل کا سنہ وقوع ۳۰۰۰ء ہے۔ اسکا عنوان ایک معمر شخص کا "الم نامہ" ہے۔ یہاں ہم کو انسان کی ایک پوری نسل نظر آتی ہے جن کی عمریں طویل ہوتی ہیں لیکن ان کو انکی طویل عمر سے کوئی خاص فائدہ نظر نہیں آتا۔ جوں جوں انکی عمریں زیادہ ہوتی جاتی ہیں وہ غیر دلچسپ اور چڑچڑے ہوتے جاتے ہیں غرضکہ تمدن میں انکی بدولت کوئی خاص تغیر ہم کو ایسا نظر نہیں آتا جس کو ہم ترقی سے منسوب کرسکیں۔ پانچویں تمثیل کا تعلق سنہ ۳۱۹۲۰ء سے ہے۔ اسکا عنوان "جہاں تک خیال کی رسائی ہے" اس میں عموماً انسان کی عمر ۸۰۰ برس ہوتی ہے۔ انسان ماں کے پیٹ سے نہیں بلکہ انڈے سے پیدا ہوتا ہے۔ اس تمثیل میں ہم کو اتنی وحشت ہونے لگتی ہے کہ بقول "کلٹن برک" ہم یہ دعا کرنے لگتے ہیں کہ کسی طرح ہم پھر اپنے زمانہ میں آجائیں۔

"برنارڈ شا" میں وہ تمام نقائص پائے جاتے ہیں جو اس قسم کے مبلغین میں ہوا کرتے ہیں۔ جبتک کہ وہ موجودہ تہذیب تمدن کی خرابیاں سمجھاتے رہتے ہیں اسوقت تک تو ہم اپنے کو ان سے متفق پاتے ہیں لیکن جوں ہی وہ مستقبل کا نقشہ پیش کرنا شروع کرتے ہیں ہم کو ان سے طرح طرح کے اختلافات ہونے لگتے ہیں۔ یہی حال شا کے اس حیاتیاتی "پنج گنج" کا ہے پہلی تمثیل میں انھوں نے صرف نیلے انسانیت کے آئندہ امکانات کی طرف اشارہ کیا ہے اور کسی بات کو متعین نہیں کیا۔ اس لئے ہم سب انکے ہم آہنگ ہیں۔ اس سے کسی کو بھی اختلاف

نہیں ہو سکتا کہ انسان صرف روٹی سے زندہ نہیں رہ سکتا۔ لیکن جوں جوں یہ امکانات واقعات کی صورت اختیار کرتے جاتے ہیں ہم کو شا سے اختلاف ہوتا جاتا ہے۔

انسان کو اگر بفرضِ محال خضر کی عمر بھی میسر ہو گئی تو اس سے کیا ہو سکتا ہے۔ اس جگہ غالب کا ایک شعر بے ساختہ یاد آ گیا:۔

بے صرفہ ہی گزرتی ہے ہو گرچہ عمرِ خضر حضرت بھی کل کہیں گے کہ ہم کیا کیا کیے

انسان اگر ماں کے پیٹ کو نو یا دس ماہ کی تکلیف دیے ہوئے بغیر انڈے سے پیدا بھی ہونے لگے تو اس سے بنی نوع انسان کو کیا فائدہ ہو سکتا ہے؟ ایک بات اور بھی قابلِ غور ہے۔ شا نے اشارتاً اس بات پر بھی زور دیا ہے کہ "جذبۂ جنسی" جس کو عرفِ عام میں "محبت" کہتے ہیں اس کی دراصل کوئی قدر و قیمت نہیں۔ اب آپ ذرا غور کر کے بتائیے کہ اگر وہ دنیا وجود میں آ گئی جو جذبۂ محبت سے یک قلم عاری ہو تو وہ کس قدر بے کیف ہو گی۔

انھیں سب باتوں کو مدِ نظر رکھتے ہوئے میں نے صرف اس تمثیل کا ترجمہ کیا جس سے ہم سب اپنے کو مانوس اور ہم آہنگ پاتے ہیں۔ باقی چار تمثیلوں کو چھوڑ دیا۔ نہ صرف اس لیے کہ اردو کا طالب علم اپنے کو اس سے کسی قدر غیر مانوس پائے گا۔ بلکہ بالخصوص اس لیے کہ ایسی بعض صورتیں پیش کی گئی ہیں اگر وہ ممکن الوقوع بھی ہوں تو ان سے انسان

کی فلاح ممکن نہیں۔

شا اس میں شک نہیں کہ اپنے زمانہ کے سب سے بڑے طباع شخص ہیں۔ لیکن اسکے یہ معنی نہیں کہ وہ جو کچھ بک جاتا ہے وہ سب صحیح بھی ہو۔ فلسفہ فطرت کا ناخدا ہے تو ہوا کرے لیکن اگر پار اُترنے والا اُس کو یہ نہیں بتاتا کہ وہ کہاں جانے والا ہے تو ممکن ہے یہ برخود غلط ناخدا ہم کو عین قعر دریا ہی میں غرقاب ہونے کے لئے چھوڑ دے۔ شا کے تخریبی خیالات زمانہ اور اُس کے میلانات کے لحاظ سے یقیناً قابل قدر ہیں۔ لیکن اگر آج ہم اپنے کو آنکھ بند کرکے انکی رہنمائی میں چھوڑ دیں تو خدا ہی جانے وہ ہم کو کہاں لے جائینگے۔

"آغاز ہستی" اول اول نگار بابت جنوری و فروری ۱۹۲۷ء میں شایع ہوا تھا۔ اب اس کو اس مختصر اور مجمل مقدمہ کے ساتھ کتابی صورت میں پیش کیا جا رہا ہے۔ امید ہے کہ پڑھنے والے اسکو بصیرت افزا پائینگے۔

مجنوں گورکھپوری

آغازِ ہستی

ڈراما

باب اول

باغ عدن، سہ پہر کا وقت، ایک بڑا سانپ اپنا سر پتوں کی ایک کیاری میں چھپائے ہوئے اور اپنے جسم کو ایک درخت کی شاخوں میں لپیٹے ہوئے آرام کر رہا ہے۔ درخت اچھی طرح پروان چڑھ چکا ہے۔ کیونکہ آفرینش کے دن ہمارے قیاس سے کہیں زیادہ طویل تھے۔ سانپ کسی شخص کو نہیں دکھائی دے سکتا جس کو اس کی موجودگی کا علم نہیں ہے۔ کیونکہ اسکے سبز اور بھورے رنگ کے میل سے دھوکا ہوتا ہے۔ اسکے قریب پھولوں کی کیاری سے بلند ایک چٹان نظر آرہی ہے۔ یہ چٹان اور درخت دونوں ایک سبزہ زار کے کنارے واقع ہیں، جس میں ایک ہرن کا بچہ مرا اور سوکھا ہوا پڑا ہے اس کی گردن ٹوٹ گئی ہے۔ آدم اپنے ایک ہاتھ کے سہارے چٹان

ٹھٹکا ہوا مُردہ جسم کو دہشت سے دیکھ رہا ہے۔ اُس نے اپنے بائیں طرف سانپ کو نہیں دیکھا ہے۔ وہ داہنی طرف مُڑتا ہے اور گھبرا کر آواز دیتا ہے :۔

آدم :۔ "حوّا! حوّا!!"

حوّا :۔ "کیا ہے آدم؟"

آدم :۔ "یہاں آؤ! جلد، کچھ ہو گیا ہے"

حوّا :۔ "(دوڑ کر) کیا؟ کہاں؟ (آدم ہرن کے بچہ کی طرف اشارہ کرتا ہے) اُف! (وہ اُسکے پاس جاتی ہے آدم کو بھی اُسکے پاس جانے کی جرأت ہوتی ہے) اسکی آنکھوں کو کیا ہو گیا؟"

آدم :۔ "صرف آنکھیں نہیں، یہ دیکھو" (اسکو ٹھکراتا ہے)

حوّا :۔ "ارے یہ نہ کرو، یہ جاگتا کیوں نہیں؟"

آدم :۔ "معلوم نہیں، سو نہیں رہا ہے"

حوّا :۔ "سو نہیں رہا ہے؟"

آدم :۔ "دیکھو تو"

حوّا :۔ (ہرن کے بچہ کو ہلانے اور اُلٹنے کی کوشش کرتے ہوئے) "یہ تو سخت اور

ٹھنڈا ہو گیا ہے :"

آدم :"کوئی شے اس کو جگا نہیں سکتی :"

حوّا :" اس میں تو عجیب مہک ہے، اُف! (اپنا ہاتھ جھاڑتی ہے اور اُسکے پاس سے ہٹ جاتی ہے) کیا تم نے اسکو اسی حالت میں پایا تھا ؟ :"

آدم :" نہیں! ابھی کھیل رہا تھا کہ ٹھوکر کھا کر لڑکھڑاتا ہوا گر پڑا، پھر اس نے جُنبش تک نہیں کی ۔ اسکی گردن میں کوئی خرابی ہوگئی ہے" (گردن اُٹھا کر حوّا کو دکھانے کے لئے جھکتا ہے)

حوّا :" مت چھوؤ، اسکے پاس سے ہٹ جاؤ :" (دونوں پیچھے ہٹ جاتے ہیں اور چند قدم کے فاصلہ سے لاش پر بڑھتی ہوئی نفرت سے غور کرتے ہیں)

حوّا :" آدم! :"

آدم :" ہاں! :"

حوّا :" فرض کرو کہ تم ٹھوکر کھا کر گر پڑو تو کیا تم بھی اسی طرح ہو جاؤ گے ؟ :"

آدم :" اُف!" (تھراجاتا ہے اور پتھر کی چٹان پر بیٹھ جاتا ہے)

حوّا :" (اُسکے پہلو میں بیٹھ کر اور اُسکے گھٹنوں کو تھام کر) تم کو اسکا خیال رکھنا

چاہئے، وعدہ کرو کہ خیال رکھو گے۔"

آدم: "خیال رکھنے سے کیا فائدہ؟ ہمکو یہاں ہمیشہ رہنا ہے۔ دیکھتی ہو ہمیشہ کے کیا معنی ہیں؟ ایک نہ ایک دن میں بھی ٹھوکر کھا جاؤں گا اور گر پڑوں گا۔ ممکن ہے کل ہی، اور ممکن ہے اتنے دنوں بعد جتنی کہ اس باغ میں پتیاں ہیں یا دریا کے کنارے ریت کے ذرے ہیں۔ بہرحال میں بھول جاؤں گا اور ٹھوکر کھا جاؤں گا۔"

حوّا: "میں بھی۔"

آدم: (سہم کر) نہیں نہیں! میں تنہا رہ جاؤں گا اور ہمیشہ کیلئے۔ تم کبھی اپنے کو اس خطرے میں نہ ڈالنا تم چلا نہ کرو، ساکت بیٹھی رہا کرو۔ میں تمھاری حفاظت کروں گا اور جس چیز کی تم کو ضرورت ہو گی خود لا کر دوں گا۔"

حوّا: (جھجکتے ہوئے اسکی جانب سے منہ پھیر کر اور اپنی کہنیوں کو تھام کر) میں اس طرح جلد گھبرا جاؤں گی۔ اسکے علاوہ تمھارا یہ انجام ہوا تو پھر میں تنہا رہ جاؤں گی، اسوقت بیکار بیٹھی نہ رہ سکوں گی! اور آخر کار میرا بھی وہی انجام ہو گا۔"

آدم: "اور پھر؟"

حوّا: "پھر ہم نہیں ہونگے، صرف چوپائے، پرندے اور سانپ ہونگے۔"

آدم :- "یہ نہ ہونا چاہئے۔"

حوّا :- "ہاں نہ ہونا چاہئے مگر ہو سکتا ہے۔"

آدم :- "نہیں! کہتا ہوں کہ نہیں ہونا چاہئے۔ میں جانتا ہوں کہ ایسا نہیں ہوگا۔"

حوّا :- "ہم دونوں جانتے ہیں۔ لیکن کیسے جانتے ہیں؟"

آدم :- "باغ میں ایک "آواز" ہے جو مجھ کو باتیں بتایا کرتی ہے۔"

حوّا :- "باغ تو آوازوں سے بھرا ہوا ہے جو میرے سر میں نئے نئے خیالات لاتی رہتی ہیں۔"

آدم :- "میرے لئے صرف ایک آواز ہے، جو بہت دھیمی ہے۔ لیکن اس قدر قریب ہے، گویا میرے اندر سے آرہی ہے۔ اس آواز، اور چڑیوں کی یا چوپایوں کی یا خود اپنی آوازمیں کوئی دھوکا نہیں ہو سکتا۔"

حوّا :- "تعجب ہے کہ میں تو ہر سمت سے آوازیں سنتی ہوں اور تم صرف ایک "آواز" اپنے اندر سے لیکن میرے بعض خیالات ایسے بھی ہیں جو آوازوں کے ذریعہ سے نہیں بلکہ میرے اندر سے آتے ہیں۔ یہ خیال کہ "ہم کبھی نیست نہیں ہونگے" میرے اندر سے آیا ہے۔"

آدم :- "لیکن ہم نیست ہو جائیں گے۔ اس ہرن کے بچہ کی طرح ہم بھی گریں گے۔ اور

۔۔۔۔۔۔ (اُٹھ کر گھبراہٹ میں اُٹھ کر ادھر اُدھر ٹہلنے لگتا ہے) میں اس علم کی تاب نہیں لاسکتا۔ مجھے اسکی ضرورت نہیں۔ میں تم سے کہتا ہوں ایسا نہیں ہونا چاہئے۔ پھر بھی یہ نہیں جانتا کہ کس طرح روکوں۔"

حوّا: "میں بھی یہی محسوس کرتی ہوں، حیرت کی بات ہے کہ تم اس طرح کہہ رہے ہو۔ تم کو کسی حالت میں چین نہیں، تم ہمیشہ اپنا خیال بدلتے رہتے ہو۔"

آدم: (ڈانٹ کر) "یہ کیوں کہتی ہو، میں نے اپنا خیال کب بدلا ہے؟"

حوّا: "تم کہتے ہو کہ ہم کو نیست نہ ہونا چاہئے لیکن تم ہی اسکی شکایت کیا کرتے تھے کہ ہم کو یہاں ہمیشہ رہنا ہے۔ بعض اوقات تم گھنٹوں چپ چاپ سوچا کرتے ہو اور دل ہی دل میں مجھ سے کُڑھتے رہتے ہو، جب میں پوچھتی ہوں کہ میں نے کیا کیا ہے تو تم کہتے ہو تمھارے بارے میں نہیں بلکہ اپنے یہاں ہمیشہ رہنے کی مصیبت پر غور کر رہا ہوں۔ مگر میں سمجھتی ہوں کہ تم جس چیز کو مصیبت کہتے ہو وہ یہاں ہمیشہ میرے ساتھ رہنا ہے۔"

آدم: "تم یہ سوچتی ہو کیوں؟ نہیں! تم غلطی پر ہو۔" وہ پھر مضمحل ہو کر بیٹھ جاتا ہے "اصل مصیبت تو ہمیشہ اپنے ساتھ رہنا ہے۔ میں تم کو چاہتا ہوں لیکن اپنے کو نہیں چاہتا میں کچھ اور ہونا چاہتا ہوں۔ اس سے بہتر میں چاہتا ہوں کہ میرا برابر پھر سے

آغاز ہوتا رہے جس طرح سانپ کینچلی بدلتا رہتا ہے۔ اسی طرح میں بھی اپنے کو بدلتا رہوں۔ میں اپنے سے عاجز آگیا ہوں لیکن مجھ کو بہر حال برداشت کرنا ہے ایک دن یا کئی دن کے لئے، بلکہ ہمیشہ کے لئے، یہ ایک ڈرا دینے والا خیال ہے۔ اسی پر میں خاموش غور کیا کرتا ہوں اور کڑھتا ہوں، کیا تم نے کبھی اس پر غور نہیں کیا؟"

حوّا:۔ "میں اپنے متعلق غور نہیں کرتی۔ اس سے کیا فائدہ؟ میں جو ہوں سو ہوں۔ کوئی چیز اس کو بدل نہیں سکتی۔ میں تمھارے متعلق غور کرتی رہتی ہوں۔"

آدم:۔ "یہ ٹھیک نہیں۔ تم ہر وقت میری کھوج میں لگی رہتی ہو۔ تم کو ہمیشہ یہ جاننے کی فکر رہتی ہے کہ میں کیا کرتا رہتا ہوں۔ یہ تو ایک بار معلوم ہوتا ہے بجائے اسکے کہ اپنے کو میرے ساتھ مشغول رکھو۔ تم کو یہ کوشش کرنی چاہئے کہ تمھارا ایک اپنا ذاتی وجود علیحدہ ہو۔"

حوّا:۔ "مجھ کو تمھارا خیال رکھنا ہے، تم سُست ہو، میلے رہتے ہو، اپنی خبر نہیں رکھتے، ہر دم خواب دیکھتے رہتے ہو۔ اگر میں اپنے کو تمھارے ساتھ مشغول نہ رکھوں تو تم خراب کھانا کھانے لگو گے اور قابل نفرت ہو جاؤ گے، اس پر بھی باوجود میری تمام نگرانی کے تم کسی روز سر کے بل گر پڑو گے اور مُردہ ہو جاؤ گے

آدم :۔ "مُردہ؟ یہ کون سا لفظ ہے؟"

حوّا :۔ (ہرن کے بچہ کی طرف اشارہ کر کے) "اُس کی طرح۔ میرا اسکو مُردہ کہتی ہوں"۔

آدم :۔ (اٹھ کر بچہ کے پاس جاتے ہوئے) "اس میں کوئی غیر مانوس بات معلوم ہوتی ہے"۔

حوّا :۔ (آدم کے پاس جاتے ہوئے) "یہ تو سفید چھوٹے کیڑوں کی صورت میں تبدیل ہو رہا ہے"۔

آدم :۔ "اس کو دریا میں پھینک آؤ۔ یہ ناقابل برداشت ہو رہا ہے"۔

حوّا :۔ "میں اسکو چھونے کی ہمت نہیں کر سکتی"۔

آدم :۔ "تو میں ہی پھینک آؤں۔ اگرچہ مجھے اس سے کراہیت معلوم ہو رہی ہے یہ ہوا کو زہریلا کر رہا ہے" (سُموں کو اپنے ہاتھ میں لیکر، لاش کو اپنے جسم سے جہاں تک ممکن ہے دور لٹکائے ہوئے اُس طرف جاتا ہے جدھر سے حوّا آئی تھی)

حوّا :۔ آدم کی سمت ایک لمحہ تک دیکھتی رہتی ہے۔ پھر نفرت کی ایک لرزش کے ساتھ چٹان پر بیٹھ جاتی ہے اور کچھ سوچنے لگتی ہے، سانپ کا جسم دلکش اور نئے رنگوں سے چمکتا ہوا نظر آتا ہے۔ وہ پھولوں کی کیاری سے آہستہ سے

اپنا سر اٹھاتا ہے اور حوا کے کان میں ایک عجیب پُر فریب ترنم کی آواز میں کہتا ہے :-

سانپ:- "حوا! "

حوا:- "کون ہے ؟ "

سانپ:- "میں ہوں، تم کو اپنا خوبصورت نیا پھن دکھانے آیا ہوں - دیکھو!

(وہ ایک خوشنما بیل میں اپنا پھن پھیلا دیتا ہے)

حوا:- "اہا! مگر تجھ کو بولنا کس نے سکھایا ؟ "

سانپ:- "تم نے اور آدم نے - میں گھاس میں چھپ کر تمہاری باتیں سنا کرتا ہوں "

حوا:- "یہ تیری بڑی عقلمندی ہے - "

سانپ:- میں اس میدان کے جانوروں میں سب سے زیادہ ہوشیار ہوں "

حوا:- "تیرا پھن بہت خوبصورت ہے (پھن کو تھپکتی ہے اور سانپ کو پیار کرتی ہے) اچھے سانپ کیا تو اپنی دیوی ماتا حوا کو چاہتا ہے ؟ "

سانپ:- "میں اس کو پوجتا ہوں (حوا کی گردن کو اپنی دہری زبان سے چاٹتا ہے)

حوا:- (اس کو پیار کرتے ہوئے) "حوا کے پیارے سانپ اب حوا کبھی کیلی

نہ رہے گی، کیونکہ اُس کا سانپ باتیں کرسکتا ہے۔"

سانپ:- "میں بہت سی چیزوں کے بارے میں باتیں کرسکتا ہوں۔ میں بڑا عقلمند ہوں۔ یہ میں ہی تھا جس نے تمھارے کان میں آہستہ سے کہدیا تھا جو تم کو نہیں معلوم تھا۔ مُردہ، موت، مرنا۔"

حوّا:- (کانپ کر) "اسکی یاد کیوں دلاتا ہے؟ میں تیرا خوبصورت پھن دیکھ کر اُسکو بھول گئی تھی۔ مجھ کو منحوس چیزوں کی یاد نہیں دلانا چاہیئے۔"

سانپ:- "موت منحوس چیز نہیں اگر تم نے اُسپر فتح پانا سیکھ لیا ہے۔"

حوّا:- "میں موت پر کیسے فتح پاسکتی ہوں؟"

سانپ:- "ایک دوسری چیز کے ذریعہ سے جس کو پیدایش کہتے ہیں۔"

حوّا:- (تلفظ کی کوشش کرتے ہوئے) "پے، دایش؟"

سانپ:- "ہاں پیدایش!"

حوّا:- "پیدائش کیا ہے؟"

سانپ:- "سانپ کبھی مرتا نہیں، تم کسی روز دیکھو گی کہ میں اس خوبصورت کینچل سے ایک نیا سانپ بن کر اور اس سے زیادہ خوبصورت کینچل لے کر باہر نکل آؤں گا۔ یہی پیدائش ہے۔"

حوّا :- "میں ایسا دیکھ چکی ہوں، بڑے تعجب کی بات ہے۔"

سانپ :- "میں بڑا ہوشیار ہوں۔ جب تم اور آدم باتیں کرتے ہو تو میں تم کو "کیوں" کہتے ہوئے سنتا ہوں ۔ ہر دم "کیوں" تم آنکھوں سے چیزوں کو دیکھتی ہو اور کہتی ہو "کیوں"؟ میں خواب میں دیکھتا ہوں اور کہتا ہوں "کیوں نہیں؟" میں نے لفظ "مردہ" خود بنایا ہے جس سے مراد میری پرانی کینچلی ہے، جس کو میں نے تجدید کے وقت اُتار کر پھینک دیا۔ اور اس تجدید کو میں پیدا ہونا کہتا ہوں۔"

حوّا :- "پیدا" ایک خوبصورت لفظ ہے۔"

سانپ :- "کیوں نہ میری طرح بار بار پیدا ہو اور ہمیشہ نئی اور خوبصورت بنی رہو؟"

حوّا :- "میں، اس لئے کہ ایسا ہوتا نہیں اور کیوں نہیں؟"

سانپ :- "مگر وہ" تو کیسے "ہوا کیوں نہیں؟" تو نہیں ہوا۔ بتاؤ "کیوں نہیں؟"

حوّا :- "لیکن میں اس کو پسند نہیں کروں گی۔ پھر سے نیا بن جانا اچھی بات ہے مگر میری پرانی جلد زمین پر بالکل میری طرح پڑی رہے گی۔ آدم اسکو سڑتے

ہوئے دیکھے گا اور ـــــ

سانپ :- "نہیں! اس کی ضرورت نہیں! ایک دوسری پیدائش بھی ہے۔"

حوّا :- "دوسری پیدائش؟"

سانپ :- "سنو! تم کو ایک بڑا راز بتاتا ہوں۔ میں بڑا عقلمند ہوں۔ میں سوچتا رہتا ہوں، میں ارادہ کا پکا ہوں۔ اور جس چیز کی مجھ کو ضرورت ہوتی ہے اس کو حاصل کر لیتا ہوں۔ میں اپنے ارادہ سے کام لیتا رہا ہوں اور میں نے عجیب عجیب چیزیں کھائی ہیں۔ پتھر سیب، جن کو کھاتے ہوئے تم ڈرتی ہو۔"

حوّا :- "تمھاری یہ ہمت!"

سانپ :- "مجھے ہر بات کی ہمت ہوئی، اور آخر کار مجھے ایک ایسا طریقہ معلوم ہو گیا جس سے میں اپنی زندگی کا ایک جُزو اپنے جسم کے اندر محفوظ رکھ سکوں۔"

حوّا :- "زندگی کس کو کہتے ہیں؟"

سانپ :- "وہ چیز جو مُردہ اور جاندار ہرن کے بچہ میں تفریق کرتی ہے۔"

حوّا :- "کیسا خوبصورت لفظ ہے اور کیسی حیرت انگیز چیز ہے۔ زندگی تمام الفاظ

میں سب سے پیارا لفظ ہے۔"

سانپ:۔ "ہاں زندگی ہی پر غور وفکر کرنے سے میں نے معجزے دکھانے کی قوت حاصل کی ہے۔"

حوا:۔ "معجزے؟ پھر ایک نیا لفظ!۔"

سانپ:۔ "معجزہ اُس ناممکن بات کو کہتے ہیں جو بہر حال ممکن ہوتی ہے۔ کوئی ایسی بات جو نہیں ہوسکتی تھی لیکن ہوجاتی ہے۔"

حوا:۔ "مجھے کوئی معجزہ بتاؤ جو تم نے کیا ہو۔"

سانپ:۔ "میں نے اپنی زندگی کا ایک جُزو اپنے جسم کے اندر محفوظ کیا اور اُس کو ایک خانہ میں بند کیا جو ان پتھروں سے بنا تھا جن کو میں نے کھایا تھا۔"

حوا:۔ "اور اس سے کیا فائدہ ہوا؟۔"

سانپ:۔ "میں نے اس چھوٹے خانہ کو دھوپ دکھائی اور سورج کی گرمی میں رکھدیا وہ پھٹ گیا اور اُسمیں سے ایک چھوٹا سانپ نکل آیا جو روز بروز بڑھتا گیا۔ یہاں تک کہ میرے برابر ہوگیا۔ یہی تھی دوسری پیدائش۔"

حوا:۔ "اوہو! یہ تو بے حد حیرت انگیز ہے۔ یہ تو میرے اندر بھی حرکت کر رہی ہے۔

اور مجھ کو زخمی کئے ڈالتی ہے۔"

سانپ:۔ اُس نے قریب قریب مجھ کو پھاڑ ڈالا تھا۔ مگر اس پر بھی میں زندہ ہوں اور پھر اپنی جلد کو پھاڑ کر اپنے کو اُسی طرح زندہ کر سکتا ہوں۔ عنقریب عدن میں اتنے سانپ ہو جائیں گے جتنے کہ میرے جسم پر چپٹے ہیں، اس وقت موت کچھ نہ کر سکے گی۔ یہ سانپ اور وہ سانپ مرتے رہیں گے۔ لیکن سانپ باقی رہے گا۔

حوّا:۔ مگر سانپ کے علاوہ ہم سب کبھی نہ کبھی مر جائیں گے اور تب کچھ اور باقی نہ رہے گا۔ ہر جگہ سانپ ہی سانپ رہ جائیں گے

سانپ:" یہ نہ ہونا چاہئے۔ حوّا! میں تم کو پوجتا ہوں۔ میرے پوجنے کے لئے کوئی نہ کوئی چیز ہونی چاہئے جو تمھاری طرح مجھ سے بالکل مختلف ہو۔ کوئی چیز سانپ سے برتر ہونی چاہئے۔

حوّا:" ہاں یہ ہونا چاہئے۔ آدم نیست نہو، تم بڑے عقلمند ہو، بتاؤ میں کیا کروں؟"

سانپ:۔ سوچو، ارادہ کرو، مٹی کھاؤ، سفید پتھر کھاؤ، اس سیب کو کھاؤ۔ جس سے تم ڈرتی ہو۔ سورج تم کو زندگی دے گا۔"

حوّا: "سورج پر مجھ کو بھروسا نہیں۔ میں خود زندگی دوں گی۔ میں اپنے جسم کو چیر کر دوسرا آدم نکالوں گی، خواہ ایسا کرنے میں میرے جسم کے ٹکڑے ٹکڑے کیوں نہ ہو جائیں۔"

سانپ: "ضرور ہمت کرو۔ ہر بات ممکن ہے۔ ہر بات سنو۔ میں بڈھا ہوں۔ آدم اور حوّا سے بھی بڈھا ہوں۔ مجھے اب تک للث[1] یاد ہے جو آدم و حوّا سے پہلے تھی جس طرح میں تم کو عزیز ہوں اسی طرح اس کو بھی عزیز تھا۔ وہ تنہا تھی اُس کے ساتھ کوئی مرد نہ تھا جس طرح ہرن کے بچہ کو گرا ہوا دیکھ کر تم نے موت دیکھ لی۔ اسی طرح اُس نے بھی دیکھ لیا تھا۔ تب اُس کو خیال ہوا کہ از سرِ نو پیدا ہونے کی اور میری طرح اپنے کو بدلنے کی کوئی تدبیر نکالنی چاہئے۔ اس کا ارادہ زبردست تھا۔ وہ کوشش کرتی رہی اور

---

[1] عام طور پر یہ روایت مشہور ہے کہ للث آدم کی پہلی بیوی تھی۔ شوہر کی نافرمانی کی سزا میں وہ باغِ عدن سے نکال دی گئی۔ کہا جاتا ہے کہ وہ اب بھی دنیا میں موجود ہے مگر نظر نہیں آتی۔ وہ حوّا کی اولاد کی دشمن ہے۔ چنانچہ اُم الصبیان کی بیماری اسی سے منسوب ہے۔ لیکن برنرڈ شا للث کو آدم اور حوا دونوں کی ماں خیال کرتے ہیں۔

جتنی اُس باغ کے درختوں میں پتیاں ہیں، اُن سے بھی زیادہ مہینوں تک ارادہ کرتی رہی۔ اس کا کرب خوفناک تھا، اُس کی کراہ نے عدن کو خواب سے محروم کر دیا تھا۔ اُس نے کہا "اب ایسا نہ ہونا چاہئے۔ تجدیدِ زندگی کا بار برداشت سے باہر ہے۔ اُن کے لئے یہ تکلیف بہت زیادہ ہے۔" اور جب اُس نے اپنا جسم بدلا تو ایک للّت نہ تھی بلکہ دو تھیں۔ ایک تمھاری طرح دوسری آدم کی طرح۔ ایک حوا تھی دوسرا آدم تھا۔

حوّا:۔ "لیکن اُس نے اپنے کو دو میں کیوں تقسیم کیا؟ اور کیوں ہم کو ایک دوسرے سے مختلف بنایا؟"

سانپ:۔ "کہتا تو ہوں کہ یہ محنت ایک کی برداشت سے بہت زیادہ ہے، اس میں دو کو شریک ہونا چاہئے۔"

حوّا:۔ "کیا تمھارا یہ مطلب ہے کہ میرے ساتھ آدم کو بھی اس تکلیف میں شریک ہونا پڑے گا؟ نہیں! وہ نہیں شریک ہوگا۔ وہ اس محنت کو برداشت نہیں کرسکتا اور نہ جسم پر کوئی تکلیف اُٹھا سکتا۔

سانپ:۔ اسکی ضرورت نہیں۔ اُسکے لئے کوئی محنت نہ ہوگی، وہ خود شریک ہونے کے لئے تم سے التجا کرے گا۔ وہ اپنی خواہش سے

ذریعہ سے تمہارے قابو میں ہوگا۔"

حوا:- "تب تو میں ضرور کروں گی، لیکن کیسے؟ للِت نے اس معجزہ کو کیسے کیا تھا؟"

سانپ:- "اُس نے تصور کیا۔"

حوا:- "تصور کیا چیز ہے؟"

سانپ:- اُس نے مجھ سے ایک ایسے واقعہ کی دلچسپ داستان بیان کی جو ایک ایسی للِت پر کبھی نہیں گزرا جو کبھی نہیں تھی۔ للِت کو اس وقت تک یہ نہیں معلوم تھا کہ تصور آفرینش کا آغاز ہوتا ہے۔ تم بھی جس چیز کی تم کو خواہش ہو اُس کا تصور کرو، اُس کا ارادہ کرو، اور آخرکار جس چیز کا ارادہ کروگی اُسکو پیدا کرلوگی۔"

حوا:- "محض عدم سے میں کیونکر کوئی چیز پیدا کرسکتی ہوں؟"

سانپ:- "ہر چیز عدم ہی سے پیدا ہوئی ہوگی۔ اپنے مضبوط پرگوشت بازو دل کو دیکھو۔ یہ ہمیشہ وہاں نہیں تھا جب میں نے پہلے پہل تم کو دیکھا تو تم درخت نہیں چڑھ سکتی تھیں۔ مگر تم ارادہ کرتی رہو اور کوشش کرتی رہو اور تمہارے ارادہ نے محض عدم سے تمہارے بازوؤں پر یہ عضلات پیدا کردیئے۔

یہاں تک کہ تمہاری خواہش پوری ہو گئی اور تم ایک ہاتھ کے سہارے اپنے کو اوپر کھینچکر درخت کی اس ڈال پر بیٹھ جانے کے قابل ہوئیں جو تمہارے سر سے اونچی تھی۔"

حوا:۔ "وہ تو مشق تھی۔"

سانپ:۔ "مشق سے چیزیں گھس جاتی ہیں، بڑھتی نہیں۔ تمہارے بال ہوا میں لہرا رہے ہیں جیسے کھینچکر بڑھ جانے کی کوشش کر رہے ہوں لیکن باوجود اس مشق کے وہ بڑھ نہیں پاتے۔ صرف اس لئے کہ تم نے ارادہ نہیں کیا ہے۔ جب للّت نے جو کچھ تصور کیا تھا اُسکو خاموش زبان میں (کیونکہ اُس وقت تک الفاظ نہیں بنتے) مجھ سے بیان کیا تو میں نے اُن کو صلاح دی کہ خواہش کرو پھر ارادہ کرو۔ اور ہم کو یہ دیکھ کر حیرت ہوئی کہ جس چیز کی اُس نے خواہش کی تھی اور ارادہ کیا تھا وہ اُسکے ارادہ کی تحریک سے خود بخود اُسکے اندر پیدا ہو گئی۔ تب میں نے ارادہ کیا کہ اپنے کو بدل کر بجائے ایک کے دو بنا لوں۔ اور بہت دنوں بعد یہ معجزہ ظاہر ہوا۔ میں اپنی پرانی جلد سے باہر نکلا، اس حالت میں کہ ایک دوسرا سانپ مجھ سے لپٹا ہوا تھا۔ اور اب پیدا کرنے کے لئے دو تصور ہیں، دو خواہشیں ہیں، دو ارادے ہیں۔

حوّا :۔ "خواہش کرنا، تصور کرنا، ارادہ کرنا، پیدا کرنا۔ یہ تو بہت طویل داستان ہے۔ مجھے اسکے لئے کوئی ایک لفظ بتا۔ تو تو الفاظ کا ماہر ہے۔"

سانپ :۔ "جننا۔ اس سے دونوں مُراد ہیں۔ تصور سے ابتدا کرنا اور پیدائش پر ختم کردینا۔"

حوّا :۔ "مجھ کو اس داستان کے لئے کوئی ایک لفظ بتا جس کا للتھ نے تصور کیا اور جس کو تجھ سے خاموش زبان میں بیان کیا۔ وہی داستان جو اس قدر عجیب وغریب تھی کہ سچ نہیں ہو سکتی تھی اور پھر بھی سچ ہو گئی۔"

سانپ :۔ "ایک شعر۔"

حوّا :۔ "للتھ میری کون تھی؟ اب اسکے لئے کوئی لفظ بتا۔"

سانپ :۔ "وہ تمہاری ماں تھی۔"

حوّا :۔ "اور آدم کی بھی؟"

سانپ :۔ "ہاں!"

حوّا :۔ "(اُٹھ کر) میں جاتی ہوں اور آدم سے جننے کے لئے کہتی ہوں۔"

سانپ (قہقہہ لگاتا ہے)!!!

حوّا :۔ (پریشان ہوکر اور چونک کر) "کیسی نفرت انگیز آواز ہے! تجھ کو ہو کیا گیا ہے؟ اس سے پہلے کسی کے منھ سے ایسی نفرت انگیز آواز نہیں نکلی۔"

سانپ :۔ "آدم نہیں جن سکتا۔"

حوّا :۔ "کیوں؟"

سانپ :۔ "للت نے اس کو ایسا تصور نہیں کیا۔ وہ تصور کر سکتا ہے خواہش کر سکتا ہے ارادہ کر سکتا ہے۔ وہ اپنی زندگی کو سمیٹ کر ایک سرچشمۂ تخلیق کے لئے محفوظ رکھ سکتا ہے۔ وہ سب کچھ پیدا کر سکتا ہے بجز ایک چیز کے اور وہ ایک چیز اسکی اپنی جنس ہے۔"

حوّا :۔ "للت نے اس کو محروم کیوں رکھا؟"

سانپ :۔ "اس لئے کہ اگر وہ ایسا کر سکتا تو اُس کو حوا کی ضرورت نہ ہوتی۔"

حوّا :۔ "ٹھیک ہے تو جننا مجھ کو ہو گا۔"

سانپ :۔ "ہاں! اسی ذریعہ سے وہ تم سے وابستہ ہے۔"

حوّا :۔ "اور میں اُس سے۔"

سانپ :۔ "ہاں! تاوقتیکہ تم دوسرا آدم نہ پیدا کر لو۔"

حوّا :۔ "مجھے اس کا تو خیال ہی نہ تھا۔ تو بڑا ہوشیار ہے لیکن اگر میں دوسری

حوّا پیدا کروں تو ممکن ہے وہ اسکی طرف مائل ہو جائے، اور بغیر میرے رہ سکے۔ میں کوئی حوّا نہیں پیدا کروں گی صرف آدم ہی آدم پیدا کروں گی۔"

سانپ:۔ "بغیر حوّا کے آدم اپنی زندگی کی تجدید نہ کر سکیں گے۔ کبھی نہ کبھی تم ہرن کے بچے کی طرح مر جاؤ گی اور پھر نئے آدم بغیر حوّا کے پیدا کرنے سے معذور رہیں گے۔ تم ایسے انجام کا تصور کر سکتی ہو لیکن اس کی خواہش نہیں کر سکتیں۔ اس لئے ارادہ نہیں کر سکتیں۔ اس لئے صرف آدم ہی آدم پیدا نہیں کر سکتیں۔"

حوّا:۔ "اگر ہرن کے بچے کی طرح مجھے مرجانا ہے تو جو کچھ باقی ہے وہ بھی کیوں نہ مر جائے؟ مجھے اسکی فکر نہیں"

سانپ:۔ "زندگی کو رُکنا نہیں چاہئے۔ یہ سب سے پہلی بات ہے۔ یہ کہنا نادانی ہے کہ تم کو فکر نہیں۔ تم کو ضرور فکر ہے۔ یہی فکر ہے جو تمھارے تصور کو اُبھارے گی۔ تمھاری خواہشوں کو بھڑکائے گی۔ تمھارے ارادے کو اٹل بنائے گی اور آخر کار محض عدم سے پیدا کرے گی۔"

حوّا:۔ (سوچتے ہوئے) محض عدم جیسی تو کوئی چیز نہیں ہو سکتی۔ باغ بھرا

ہوا ہے۔ باغ خالی نہیں ہے۔"

سانپ :۔"میں نے اس پر غور نہیں کیا تھا۔ یہ ایک زبردست خیال ہے۔ ہاں محض عدم جیسی کوئی چیز نہیں۔ البتہ ایسی چیزیں ہیں جن کو ہم دیکھتے نہیں۔ گرگٹ بھی ہوا کھاتا ہے۔"

حوا :۔"میں نے ایک اور بات سوچی ہے۔ میں اُسکو آدم سے کہوں گی۔ (آواز دیتے ہوئے) آدم! آؤ! آؤ!"

آدم کی آواز :۔"او! او!"

حوا :۔"اس سے وہ خوش ہوگا، اور اُس کی افسردگی اور اُس کے درد دل کا علاج ہو جائے گا۔"

سانپ :۔"اُس سے ابھی کچھ نہ کہو۔ میں نے تم کو زبردست راز نہیں بتایا ہے۔"

حوا :۔"اب اور کیا بتانا ہے؟ یہ معجزہ میرا کام ہے۔"

سانپ :۔"نہیں اُس کو بھی خواہش اور ارادہ کرنا ہے۔ مگر اُس کو اپنی خواہش اور ارادہ تم کو دے دینا ہوگا۔"

حوا :۔"کیسے؟"

سانپ :۔ "یہی تو بڑا راز ہے۔ چُپ! وہ آ رہا ہے۔"

آدم :۔ (واپس ہوتے ہوئے) "کیا باغ میں ہماری آواز اور اُس "آواز" کے علاوہ کوئی اور آواز بھی ہے؟ میں نے ایک نئی آواز سُنی ہے۔"

حوا :۔ (اُٹھتی ہے اور دوڑ کر اُس کے پاس جاتی ہے) "ذرا سوچو آدم! ہمارے سانپ نے ہماری باتیں سُن سُن کر بولنا سیکھ لیا ہے۔"

آدم :۔ (خوش ہو کر) واقعی؟ (وہ اُس کے پاس سے ہو کر پتھر کے پاس جاتا ہے اور سانپ کو پیار کرتا ہے)

سانپ (پیار سے جواب دیتا ہے) ہاں واقعی پیارے آدم!"

حوا :۔ "مجھ کو اس سے بھی زیادہ حیرتناک باتیں کہنی ہیں۔ آدم! اب ہم کو ہمیشہ رہنے کی ضرورت نہیں۔"

آدم (جوش میں سانپ کا سر چھوڑ دیتا ہے) "کیا؟ حوّا اس معاملہ میں مجھ سے کھیل نہ کرو۔ کاش! کسی روز خاتمہ ہو جاتا اور اس طرح کہ گویا نہیں۔ کاش! میں ہمیشہ...... رہنے کی مصیبت سے نجات پاتا۔ کاش! اس باغ کی پرداخت کسی دوسرے مالی کے سپرد ہو جاتی۔ اور جو نگہبان اس "آواز" کی طرف سے مقرر کیا گیا ہے وہ آزاد ہو جاتا۔ کاش! خواب اور

سکون جو روزانہ مجھ کو یہ سب برداشت کرنے کے قابل بنائے ہوئے ہیں ایک مدت میں دائمی خواب اور سکون ہو جاتے۔ بس کسی نہ کسی صورت سے خاتمہ ہونا چاہیے۔ مجھ میں اتنی طاقت نہیں کہ "دوام" کو برداشت کر سکوں۔"

سانپ:- "تم کو آئندہ گرمی تک بھی رہنے کی ضرورت نہیں۔ اور پھر بھی کوئی نہیں ہوگا۔"

آدم:- "یہ نہیں ہو سکتا۔"

سانپ:- "ہو سکتا ہے۔"

حوا:- "اور ہوگا۔"

سانپ:- "ہو چکا ہے۔ مجھ کو مار ڈالو اور کل باغ میں تم دوسرا سانپ دیکھو گے۔ تمہارے ہاتھوں میں جتنی انگلیاں ہیں اُن سے بھی زیادہ سانپ تم کو ملیں گے۔"

حوا:- "میں دوسرے آدم اور حوا پیدا کروں گی۔"

سانپ:- "مجھے یاد ہے جب تم خود ایک ایسی چیز تھے جو نہیں ہو سکتی تھی۔ مگر پھر بھی تم ہو۔"

آدم :۔ (متعجب ہو کر) "یہ تو سچ ہوگا" (پتھر پر بیٹھ جاتا ہے)۔

سانپ :۔ "میں اس راز کو حوّا سے کہہ دوں گا اور وہ تم کو بتا دے گی۔"

آدم :۔ (جلدی سے سانپ کی طرف مڑتا ہے اور اُس کا پاؤں کسی تیز چیز پر پڑ جاتا ہے) "اُف!۔"

حوّا :۔ "کیا ہوا؟"

آدم :۔ "کانٹا ہے، ہر جگہ کانٹے ہیں۔ باغ کو خوشگوار بنانے کے لئے ان کو ہمیشہ صاف کرتے کرتے تھک گیا۔

سانپ :۔ "کانٹے جلد نہیں بڑھتے۔ ابھی ایک مدت تک باغ اُن سے بھر نہیں سکتا۔ اُس وقت تک بھر نہیں سکتا جب تک کہ تم اپنا بوجھ اُتار کر ہمیشہ کے لئے سونے نہ چلے جاؤ۔" تم اس کے واسطے کیوں پریشان ہو؟ نئے آدم کو اپنے لئے اپنی جگہ خود صاف کرنے دو۔"

آدم :۔ "یہ ٹھیک ہے۔ تو اپنا راز ہم کو بتا دے۔ دیکھو حوّا ہمیشہ کے لئے اگر رہنا نہ پڑے تو کیسا اچھا ہو۔

حوّا :۔ (بے چینی کے ساتھ زمین پر بیٹھ کر گھاس اُکھاڑتے ہوئے) مرد کی یہی حالت ہے۔ یہ معلوم کرتے ہی کہ ہم کو ہمیشہ کے لئے نہیں رہنا ہے

اس طرح باتیں کرنے لگے گویا آج ہی ہمارا خاتمہ ہونے والا ہے۔ تم کو ان خطرناک چیزوں کو صاف کرنا ہے نہیں، تو جب کبھی ہم بے خبری میں قدم اُٹھائیں گے تو گھائل ہو جائیں گے۔"

آدم:۔"ہاں! صاف تو ضرور کرنا ہے لیکن تھوڑا ہی۔ کل میں ان سب کو صاف کر ڈالوں گا۔"

سانپ:۔(قہقہہ لگاتا ہے) !!!

آدم:۔"یہ عجیب شور ہے مجھ کو بھلا معلوم ہوتا ہے۔"

حوّا:۔"مجھ کو نہیں بھلا معلوم ہوتا۔ تو یہ شور پھر کس لئے کرتا ہے؟"

سانپ:۔"آدم نے ایک نئی چیز ایجاد کی ہے۔ یعنی "کل"۔ اب جبکہ بقا کا بوجھ تمہارے سر سے اُٹھ گیا ہے تم روز نئی چیزیں ایجاد کرو گے۔"

آدم:۔"بقا؟ یہ کیا ہے؟"

سانپ:۔"یہ میرا لفظ ہے جس سے مُراد ہمیشہ کے لئے زندہ رہنا ہے۔"

حوّا:۔"سانپ نے "ہونے" کے لئے ایک خوبصورت لفظ بنا لیا ہے۔ "زندگی"۔"

آدم:۔"میرے لئے کوئی ایسا خوبصورت لفظ بنا دے جس سے کل کا کام کرنا مراد ہے۔ کیونکہ یقیناً یہ ایک زبردست اور متبرک ایجاد ہے۔"

سانپ:۔ "النا"۔

آدم:۔ "بڑا پیارا لفظ ہے۔ کاش! میں بھی سانپ کی سی زبان پائے ہوتا"۔

سانپ:۔ "یہ بھی ہو سکتا ہے، ہر بات ممکن ہے"۔

آدم:۔ (یکایک دہشت میں چونک پڑتا ہے) "ارے!"

حوّا:۔ "میرا سکون، زندگی سے میری نجات!"

سانپ:۔ "موت" اس کے لئے یہ لفظ ہے

آدم:۔ "ٹالنے میں بڑا خطرہ ہے"۔

حوّا:۔ "کیا خطرہ؟"۔

آدم:۔ "اگر موت کو کل پر ٹال دوں تو میں کبھی نہیں مروں گا۔ "کل" کوئی دن نہیں اور نہ ہو سکتا ہے"۔

سانپ:۔ "میں بڑا عقلمند ہوں۔ مگر انسان سوچنے میں مجھ سے بھی زیادہ گہرا ہے۔ عورت جانتی ہے کہ "محض عدم" کوئی چیز نہیں۔ مرد جانتا ہے کہ "کل کوئی دن نہیں۔ میں ان کو پوجتا ہوں بجا کرتا ہوں"۔

آدم:۔ "اگر موت کو پانا ہے تو مجھ کو کوئی اصلی دن مقرر کرنا چاہئے۔ کل نہیں تو مجھ کو کب مرنا چاہئے"۔

حوّا :- "جب میں دوسرا آدم پیدا کرلوں تو تم مرجانا - مگر نہیں! تمہارا جب جی چاہے مرجاؤ۔" (وہ اٹھتی ہے اور آدم کے پیچھے سے بے پروائی کے ساتھ ٹہلتی ہوئی درخت کے پاس جاتی ہے اور اُسکے سہارے کھڑی ہوکر سانپ کے حلقوں کو تھپکتی ہے)

آدم :- "پھر بھی کوئی جلدی نہیں ہے۔"

حوّا :- "معلوم ہوتا ہے تم اس کو کل پر ٹالو گے۔"

آدم :- "اور تم؟ کیا تم دوسری حوّا پیدا کرتے ہی مرجاؤگی؟"

حوّا :- "میں کیوں مروں؟ کیا تم مجھ سے چھٹکارا پانا چاہتے ہو؟ - ابھی تم چاہتے تھے کہ میں ساکت بیٹھی رہوں اور چلا نہ کروں تاکہ کہیں ہرن کے بچہ کی طرح ٹھوکر کھاکر مرنہ جاؤں - اور اب تم کو میری کوئی پروا نہیں۔"

آدم :- "اب اس میں اتنا ہرج نہیں ہے۔"

حوّا :- (سانپ سے غصہ میں) یہ موت جس کو باغ میں لے آیا ہے ایک بلا ہے، وہ چاہتا ہے کہ میں مرجاؤں۔"

سانپ :- (آدم سے) کیا تم چاہتے ہو کہ وہ مرجائے؟"

آدم :- "نہیں! مرنا مجھ کو ہے - حوّا کو مجھ سے پہلے نہیں مرنا چاہئے - میں اکیلا

رہ جاؤں گا۔"

حوّا :۔ "تم دوسری حوّا پاؤ گے۔"

آدم :۔ "یہ تو ٹھیک ہے۔ مگر ممکن ہے وہ بالکل تمھاری طرح نہ ہوں اور ہو نہیں سکتیں اس کو تو میں خوب محسوس کر رہا ہوں۔ اُن کی وہ یادگار ریں نہ ہوں گی۔ وہ کیا ہوں گی؟ میں اُن کے لئے ایک لفظ چاہتا ہوں۔"

سانپ :۔ "اجنبی"۔

آدم :۔ "ہاں ہاں یہ ایک اچھا اور ٹھوس لفظ ہے اجنبی۔"

حوّا :۔ "جب نئے آدم اور نئی حوّا ہونگی تو ہم اجنبیوں کے باغ میں ہونگے۔ ہم کو ایک دوسرے کی ضرورت ہے (فوراً آدم کے پیچھے آجاتی ہے۔ اور اُس کے چہرے کو اپنی طرف اُٹھاتی ہے) آدم! اس بات کو کبھی نہ بھولنا، ہرگز نہ بھولنا!"

آدم :۔ "میں کیوں بھولوں گا؟ میں نے تو اسکو سوچا ہے۔"

حوّا :۔ "میں نے بھی ایک بات سوچی ہے۔ ہرن کا بچہ ٹھوکر کھا کر گر پڑا، اور مر گیا۔ لیکن تم چپکے سے میرے پیچھے آسکتے ہو اور (وہ اچانک اُس کے کندھوں کو دھکا دیتی ہے اور اُس کو مُنھ کے بل ڈھکیل دیتی

ہے۔) مجھ کو اس طرح ڈھکیل سکتے ہو کہ میں مر جاؤں۔ اگر میرے پاس یہ دلیل نہ ہوتی کہ تم میری موت کی کوشش نہیں کروگے تو میں سونے کی ہمت نہ کرتی۔"

آدم :۔ (مارے دہشت کے درخت پر چڑھنے لگتا ہے) تمھاری موت کی کوشش! کیسا بھیانک خیال ہے؟"

سانپ :۔ "مار ڈالنا مار ڈالنا، مار ڈالنا۔ یہ لفظ ہے۔"

حوّا :۔ "نئے آدم و حوّا ہم کو مار ڈالیں گے۔ میں اُن کو نہیں پیدا کرونگی۔"

(وہ چٹان پر بیٹھ جاتی ہے۔ آدم کو نیچے کھینچکر اپنی بغل میں کر لیتی ہے اور اپنے داہنے ہاتھ سے اُسکو پکڑے رہتی ہے)

سانپ :۔ "تم کو پیدا کرنا ہوگا۔ کیونکہ اگر نہیں پیدا کروگی تو خاتمہ ہو جائیگا۔"

آدم :۔ "نہیں! وہ ہمکو مار نہیں ڈالیں گے۔ وہ ہماری طرح محسوس کریں گے کہ کوئی چیز اُس کو روکے گی، باغ کی آواز جس طرح ہم کو بتاتی ہے اُسی طرح اُن کو بھی بتائے گی کہ مار ڈالنا نہیں چاہیئے۔"

سانپ :۔ "باغ کی آواز تمھاری اپنی آواز ہے۔"

آدم :۔ "ہے بھی اور نہیں بھی، وہ مجھ سے بڑی ہے۔ میں اُس کا ایک

خبر ہوں۔"

حوّا:۔"باغ کی" آواز" مجھے تو تمہارے مار ڈالنے سے نہیں روکتی۔ تاہم میں یہ نہیں چاہتی کہ تم مجھ سے پہلے مرو۔ اس احساس کے لئے مجھ کو کسی آواز کی ضرورت نہیں۔"

آدم:۔"(اُس کی گردن میں باہیں ڈال کر اور متاثر ہو کر) نہیں! نہیں! بغیر کسی آواز کے بھی یہ ایک کھلی ہوئی بات ہے۔ کوئی نہ کوئی ایسی چیز ضرور ہے جو ہم کو ایک دوسرے سے وابستہ کئے ہوئے ہے جس کے لئے کوئی لفظ نہیں ہے۔"

سانپ:۔"محبت! محبت! محبت!"

آدم:۔" یہ تو ایک اتنی بڑی چیز کے لئے بہت چھوٹا سا لفظ ہے۔"

سانپ:۔(بے صبری کے ساتھ سانپ کی طرف مڑ کر) پھر وہی دلخراش آواز! اس کو بند کر! تو کیوں ایسا کرتا ہے؟"

سانپ:۔"ممکن ہے عنقریب محبت ایک نہایت چھوٹی چیز کے لئے بہت بڑا لفظ ہو جائے۔ مگر جب تک یہ چھوٹا ہے اُس وقت تک بہت شیریں ہو گا۔"

آدم :۔ (غور کرتے ہوئے) "تو مجھے حیران کر رہا ہے۔ میری پرانی مصیبت اگرچہ بھاری تھی۔ مگر سیدھی سادی تھی۔ جن عجیب و غریب چیزوں کا تو وعدہ کر رہا ہے وہ مجھے موت جیسی نعمت دینے سے پہلے میری ہستی کو الجھا سکتی ہیں۔ میں ابدی زندگی کے بوجھ سے پریشان تھا۔ مگر میرا دل پراگندہ نہیں تھا۔ اگر مجھ کو یہ معلوم نہیں تھا کہ میں حوا کی محبت کرتا ہوں تو یہ بھی معلوم نہ تھا کہ ممکن ہے وہ میری محبت چھوڑ دے اور کسی دوسرے آدم کی محبت کرنے لگے۔ کیا تو اس علم کے لئے کوئی لفظ بتا سکتا ہے؟"

سانپ :۔ "رشک! رشک! رشک!"

آدم :۔ "کیسا بھیانک لفظ ہے؟"

حوا :۔ (آدم کو ہلاتے ہوئے) "بہت سوچنا نہیں چاہئے تم بہت سوچا کرتے ہو۔"

آدم :۔ (غصہ میں) میں سوچنے سے باز کیسے رہ سکتا ہوں جبکہ مستقبل مشتبہ ہو گیا ہے۔ اشتباہ سے ہر چیز بہتر ہے۔ زندگی مشتبہ ہو گئی ہے محبت مشتبہ ہے۔ کیا اس تازہ مصیبت کے لئے تیرے پاس

کوئی لفظ ہے؟ "

سانپ: "خوف! خوف! خوف!"

آدم: "اس کا علاج بھی تیرے پاس ہے؟"

سانپ: "اُمید! اُمید! اُمید!"

آدم: "اُمید کیا ہے؟"

سانپ: "جب تک تم کو مستقبل کا علم نہیں تم کو یہ علم بھی نہیں کہ مستقبل ماضی سے زیادہ خوشگوار ہوگا اسی کو اُمید کہتے ہیں۔"

آدم: "اس سے مجھے تسکین نہیں ہوتی۔ میرے اندر خوف بہ نسبت اُمید کے زیادہ قوی ہے۔ مجھے یقین کی ضرورت ہے (دھمکاتا ہوا اُٹھتا ہے) یہ چیز مجھے دے ورنہ پھر جب تجھ کو سوتا ہوا پاؤں گا تو مار ڈالونگا۔

حوّا: (سانپ کے گرد اپنی باہیں ڈال کر) میرا خوبصورت سانپ! اے نہیں! یہ خوفناک خیال تمہارے دل میں کیسے آسکتا ہے؟"

آدم: "خوف مجھ سے ہر کام کرا سکتا ہے۔ سانپ ہی نے مجھ کو خوف دیا اب اُس سے کہو کہ مجھ کو یقین دے، ورنہ میری طرف سے خوف لے کر جائے۔"

سانپ :۔"مستقبل کو اپنے ارادہ سے باندھ لو اور ایک عہد کر لو۔"

آدم :۔"عہد کیا ہے ؟"

سانپ :۔"اپنی موت کے لئے ایک دن مقرر کر دو ، اور اس روز مر جانے کا ارادہ کر لو۔ پھر موت مشتبہ نہ رہے گی بلکہ یقینی ہو جائے گی۔ پھر حوّا یہ ارادہ کرے کہ وہ تمھارے مرنے تک تم سے محبت کرے گی۔ اس طرح محبت مشتبہ نہیں رہے گی۔

آدم :"ہاں یہ تو بڑی اچھی بات ہے اس سے مستقبل بندھ جائے گا۔"

حوّا :۔"(ناخوش ہو کر اور سانپ کی طرف سے منھ پھیر کر) لیکن اس سے اُمید برباد ہو جائے گی۔"

آدم :۔(غصہ سے) "چپ رہو ، اُمید بُری چیز ہے۔ مسرت بُری چیز ہے یقین مبارک چیز ہے۔"

سانپ :۔"بری" کس کو کہتے ہیں ؟ تم نے ایک نیا لفظ نکالا ہے۔"

آدم :۔"جس چیز سے میں ڈرتا ہوں وہ بُری ہے۔ اچھا حوّا سنو! اور سانپ تو بھی سن! تاکہ تم دونوں میرے عہد کو یاد رکھو! میں چاروں موسم کے ایک ہزار دور تک زندہ رہونگا۔"

سانپ :- "سال! سال! "

آدم :- "میں ایک ہزار سال تک زندہ رہوں گا۔ اُس کے بعد نہیں رہوں گا میں مر جاؤں گا اور سکون حاصل کروں گا، اور اُس وقت تک حوا کے سوا کسی دوسری عورت کی محبت نہیں کروں گا۔

حوا :- "اور اگر آدم اپنے عہد پر قائم رہے گا تو میں بھی اُس کے مرنے تک کسی دوسرے مرد کی محبت نہ کرونگی "

سانپ :- "تم دونوں نے نکاح ایجاد کیا ہے۔ آدم تمھارا شوہر ہے جو کسی دوسری عورت کے لئے نہیں ہو سکتا۔ اور تم اُسکی بیوی ہو جو کسی دوسرے مرد کے لئے نہیں ہو سکتیں "

آدم (قدرتاً حوا کی طرف ہاتھ بڑھاتے ہوئے) "شوہر اور بیوی! "

حوا :- (اپنا ہاتھ اُسکے ہاتھ میں دیتے ہوئے) "بیوی اور شوہر! "

سانپ :- (قہقہہ لگاتا ہے) ہا! ہا! "

حوا :- (آدم سے اپنے کو علیحدہ کرکے) "میں نے کہدیا کہ یہ منحوس شور نہ کر "

آدم :- "اُس کی بات نہ سُن: شور مجھے بہت پسند ہے۔ اس سے میرا دل ہلکا ہوتا ہے، تو بڑا خوش دل سانپ ہے۔ لیکن تو نے ابھی کوئی عہد

نہیں کیا تو کیا عہد کرتا ہے؟"

سانپ :- "میں کوئی عہد نہیں کرتا۔ میں اتفاق سے فائدہ اُٹھاتا ہوں۔"

آدم :- "اتفاق؟ اسکے کیا معنی؟"

سانپ :- "اسکے معنی یہ ہیں کہ مجھ کو یقین سے اُتنا ہی خوف ہے جتنا تم کو اشتباہ سے۔ یعنی سوائے اشتباہ کے کوئی چیز یقینی نہیں۔ اگر میں مستقبل کو باندھ لوں تو اپنے ارادہ کو باندھ لوں گا، اور جب ارادہ کو باندھ لوں گا تو پیدائش میں رکاوٹ شروع ہو جائے گی۔"

حوّا :- "پیدائش میں رُکاوٹ نہیں ہونا چاہئے۔ میں نے کہدیا کہ میں پیدا کرونگی، اگرچہ ایسا کرنے میں مجھے اپنے کو پُرزے پُرزے بھی کر دینا پڑے۔"

آدم :- "تم دونوں چپ رہو میں مستقبل کو ضرور باندھوں گا، میں خوف سے ضرور آزاد ہوں گا۔ (حوّا سے) ہم اپنا اپنا عہد کر چکے۔ اگر تم کو پیدا کرنا ہے تو اس عہد کے حدود کے اندر پیدا کرو۔ اب یاد سانپ کی باتیں نہ سُنو۔" (حوّا کا بال پکڑ کر کھینچتا ہے)

حوّا :- "چھوڑ احمق! ابھی اس نے مجھ کو اپنا راز نہیں بتایا ہے۔"

آدم :۔ (اُس کو چھوڑ کر) "ہاں ٹھیک ہے ، احمق کس کو کہتے ہیں ؟ "

حوّا :۔ "میں نہیں جانتی۔ یہ لفظ آپ سے آپ آ گیا۔ جب تم بھول جاتے ہو، اور سوچنے لگتے ہو اور خوف سے مغلوب ہو جاتے ہو اُس وقت تم جو کچھ ہوتے ہو وہی احمق ہے۔ آؤ سانپ کی باتیں سُنیں ۔"

آدم :۔ "نہیں ! مجھے خوف معلوم ہوتا ہے۔ جب وہ بولتا ہے تو ایسا معلوم ہوتا ہے کہ زمین میرے پاؤں کے تلے بیٹھ رہی ہے۔ کیا تم اُسکی باتیں سُننے کے لئے ٹھہرو گی ؟ "

سانپ (قہقہہ لگاتا ہے) ! ! !

آدم :۔ (شگفتہ ہو کر) اس آواز سے خوف دور ہو جاتا ہے۔ کیا تماشہ ہے کہ سانپ اور عورت آپس میں راز کی باتیں کرنے جا رہے ہیں ۔" (ہنستا ہے اور آہستہ آہستہ چلا جاتا ہے۔ یہ اُس کی پہلی ہنسی تھی)

حوّا :۔ "اب راز بتا راز ۔"

حوّا چٹان پر بیٹھ جاتی ہے اور سانپ کے گلے میں باہیں ڈال دیتی ہے۔ سانپ زیر لب کچھ کہنا شروع کرتا ہے۔ حوّا کا چہرہ انتہائی دلچسپی سے چمکنے لگتا ہے۔ اُسکی دلچسپی بڑھتی جاتی ہے۔ یہاں تک کہ پھر

اُس کی جگہ انتہائی نفرت کی علامتیں نمودار ہو جاتی ہیں اور وہ اپنا چہرہ اپنے ہاتھوں سے چھپا لیتی ہے۔"

بابِ دوم

چند صدیوں کے بعد۔ صبح کا وقت، عراق عرب میں ایک نخلستان اور یہ بھی لٹھوں سے بنا ہوا ایک مکان ہے جو ایک پائین باغ پر جا کر ختم ہوتا ہے۔ آدم وسط باغ میں زمین کھود رہا ہے۔ اُس کے داہنے جانب حوّا دروازے کے پاس ایک درخت کے سائے میں تپائی پر بیٹھی ہوئی کات رہی ہے۔ اس کا چرخہ جس کو وہ ہاتھ سے چلا رہی ہے ایک بڑے پہیے کی طرح ہے جو وزنی لکڑی کا بنا ہوا ہے۔ باغ کی دوسری جانب کانٹوں کی ایک دیوار ہے جس میں ٹٹی سے بند ایک راستہ ہے۔

دونوں کفایت اور بے پروائی کے ساتھ موٹے کپڑوں اور

پتوں میں ملبوس ہیں۔ دونوں اپنا بچپن اور معصومیت کھو چکے ہیں۔ آدم کی داڑھی بڑھی ہوئی ہے اور اُسکے بال بے قاعدہ کٹے ہوئے ہیں۔ لیکن دونوں تندرست ہیں اور شباب کے عالم میں ہیں۔ آدم ایک کسان کی طرح تھکا ہوا نظر آ رہا ہے۔ حوا نسبتاً زیادہ خوش ہے۔ وہ بیٹھی کات رہی ہے اور کچھ سوچ رہی ہے۔

ایک مرد کی آواز:۔

"اماں!"

حوا:۔ (نظر اُٹھا کر سامنے ٹٹی کی طرف دیکھتی ہے) "قابیل آ رہا ہے۔"

آدم (حقارت کا اظہار کرتا ہے اور بغیر سر اُٹھائے ہوئے زمین کھودنے میں مصروف رہتا ہے)

قابیل ٹٹی کو ٹھکرا کر راستہ سے الگ کر دیتا ہے اور لمبے لمبے قدموں سے باغ میں داخل ہوتا ہے۔ لب و لہجہ اور وضع و قطع سے وہ ایک ضدی سپاہی معلوم ہوتا ہے۔ وہ ایک لمبے نیزے اور چمڑے کی ایک چوڑی ڈھال سے مسلح ہے۔ ڈھال پر پیتل منڈھا ہوا ہے اُس کی خود شیر کے سر سے بنائی گئی ہے جس میں بیل کی سینگیں

لگی ہوئی ہیں، وہ سُرخ لبادہ پہنے ہوئے ہے اور ایک تمغہ لگائے ہوئے ہے۔ تمغہ شیر کے چمڑے پر ٹنکا ہوا ہے جس میں شیر کے ناخون لٹک رہے ہیں۔ پانوں میں کھڑاؤں ہیں جن پر پیتل کے کام بنے ہوئے ہیں۔ اس کی ٹانگیں پیتل کے غلاف سے محفوظ ہیں اور اُس کی کھڑی فوجی موچھیں تیل سے چمک رہی ہیں۔ والدین کے ساتھ اُس کا برتاؤ ایسا ہے جس سے اُس کی خودسری اور نافرمانی کا پتہ چلتا ہے۔ وہ جانتا ہے کہ اُسکے اطوار پسندیدہ نہیں ہیں اور نہ وہ معاف کیا گیا ہے۔

قابیل :- (آدم سے) ابھی تک زمین کھودنا ختم نہیں ہوا؟ تم ہمیشہ زمین کھودتے رہوگے اور اسی طرح پُرانی نالی میں لگے رہوگے۔ کوئی ترقی نہیں! کوئی خیال نہیں، کوئی کارنامہ نہیں۔ اگر میں بھی اسی زمین کھودنے میں لگا رہتا جیسا کہ تم نے مجھے سکھایا تھا تو آج میں کچھ بھی نہ ہوتا۔"

آدم :- "تم نیزہ اور ڈھال لئے ہوئے اسوقت کیا ہو؟ جبکہ تمہارے بھائی کا خون اندر سے تمہارے خلاف فریاد کر رہا ہے۔"

قابیل:۔ میں پہلا قاتل ہوں، تم محض پہلے انسان ہو۔ ہر شخص پہلا انسان ہو سکتا تھا۔ یہ ایسا ہی آسان ہے جیسا کہ پہلی گوبھی ہونا۔ لیکن پہلا قاتل ہونے کے لئے ہمت کے آدمی کی ضرورت ہے۔"

آدم:۔" یہاں سے چلے جاؤ، ہمارا پیچھا چھوڑ دو۔ ہم کو جدا رکھنے کے لئے دُنیا بہت وسیع ہے۔"

حوّا:۔" تم اس کو کیوں بھگاتے ہو؟ وہ میرا ہے میں نے اس کو اپنے جسم سے بنایا تھا۔ میں اپنی بنائی ہوئی چیز کو کبھی کبھی دیکھنا چاہتی ہوں۔"

آدم:۔" تم نے ہابیل کو بھی بنایا تھا، اس نے ہابیل کو مار ڈالا۔ اس پر بھی کیا تم اس کو دیکھنے کی روا دار ہو سکتی ہو؟"

قابیل:۔" میں نے ہابیل کو مار ڈالا تو یہ کس کا قصور تھا؟ مار ڈالنا کس نے ایجاد کیا تھا؟ میں نے؟ نہیں! اُسی نے ایجاد کیا تھا۔ میں تو زمین کھودا کرتا تھا اور خار و خس کو صاف کیا کرتا تھا۔ میں زمین کا پھل کھاتا تھا۔ اور تمھاری طرح محنت کے پسینہ سے زندگی بسر کرتا تھا۔ میں بے وقوف تھا لیکن ہابیل نئے خیالات اور ہمت کا آدمی تھا۔ وہ محقق تھا اور واقعی ترقی کرنے والا تھا۔ اس نے خون کو دریافت کیا اور قتل ایجاد کیا۔

اُس نے یہ معلوم کیا کہ سورج کی آگ شبنم کے قطرہ کے ذریعہ سے نیچے لائی جا سکتی ہے۔ اُس نے آگ کو ہمیشہ روشن رکھنے کے لئے ایک قربان گاہ تیار کی۔ جتنے جانور مارتا تھا اُن کے گوشت کو قربان گاہ میں آگ سے پکاتا تھا۔ وہ اپنے کو گوشت کھا کھا کر زندہ رکھتا تھا۔ اُس کو اپنی غذا حاصل کرنے کے لئے صرف اسکی ضرورت تھی کہ اپنا دن شکار جیسے صحت بخش اور مہتم بالشان مشغلہ میں صرف کرے اور پھر ایک گھنٹہ آگ کے ساتھ کھیل کرے۔ تم نے اُس سے کچھ بھی نہیں سیکھا۔ تم مشقت کرتے رہے اور مجھ سے بھی یہی کام کراتے رہے۔ میں ہابیل کی مسرت اور آزادی پر رشک کرتا تھا۔ میں اپنے کو اس لئے حقیر سمجھتا تھا کہ بجائے تمھاری تقلید کرنے کے اُسکی تقلید نہیں کرتا ہے۔ وہ اس قدر خوش نصیب تھا کہ اپنے کھانے میں اُس "آواز" کو بھی شریک رکھتا تھا جس نے اُس کو تمام نئی نئی باتیں بتائی تھیں۔ وہ کہتا تھا "یہ آواز اُس آگ کی آواز ہے جو میرا کھانا پکاتی ہے۔ اور جو آگ کھانا پکا سکتی ہے وہ کھا بھی سکتی ہے۔"

یہ سچ تھا۔ میں نے آگ کو قربان گاہ میں کھانے کو ختم کر دیتے

ہوئے خود دیکھا۔ تب میں نے بھی ایک قربان گاہ بنائی اور اُس پر کھانے کی بھینٹ چڑھائی مغلے، بڑیں اور میوے سب کا، کچھ نہ ہوا۔ ہابیل مجھ پر ہنستا تھا، اور تب ایک بڑی بات میں نے سوچی کیوں نہ ہابیل کو مار ڈالوں جس طرح وہ جانوروں کو مار کرتا تھا؟ میں نے وا کیا اور وہ مر گیا جس طرح جانور مرا کرتے تھے۔ اس کے بعد میں نے تمھاری حماقت اور مشقت کی زندگی کو چھوڑ دیا اور اُسکی طرح بسر کرنے لگا۔ شکار، خونریزی اور شکار کے ذریعہ سے۔ کیا میں تم سے بہتر، تم سے زیادہ توانا، تم سے زیادہ خوش اور تم سے زیادہ آزاد نہیں ہوں؟"

آدم: "تم زیادہ توانا نہیں ہو، تم تو پست قد ہو۔ تمھاری زندگی پائدار ہو نہیں سکتی۔ تم نے جانوروں کو اپنے سے خوف زدہ کر دیا۔ سانپ نے اپنے کو تم سے بچانے کے لئے زہر پیدا کر لیا ہے۔ میں خود تم سے ڈرتا ہوں۔ اگر تم اپنی ماں کی طرف ایک قدم اور بڑھے تو میں اپنے کُلند سے تم کو اُسی طرح مار کر گرا دوں گا جس طرح تم نے ہابیل کو مار کر گرا دیا تھا۔"

حوّا :- "وہ مجھ کو مارے گا نہیں، وہ میری محبت کرتا ہے۔"

آدم :- "وہ ہابیل کی بھی محبت کرتا تھا۔ مگر اس نے اس کو مار ڈالا۔"

قابیل :- "میں عورتوں کو مارنا نہیں چاہتا۔ میں اپنی ماں کو نہیں ماروں گا اور اُسی کے خیال سے تم کو بھی نہیں ماروں گا۔ اگرچہ بغیر تمھارے گُلند کی زد میں آئے ہوئے اس نیزے کو تمھارے سینہ سے پار کرسکتا ہوں مجھے یہ خیال نہ ہوتا تو میں تم کو مار ڈالنے کی کوشش کئے بغیر نہ رہتا۔ اگرچہ ڈرتا ہوں کہ کہیں تم نہ مجھ کو مار ڈالو۔ میں نے شیر اور جنگلی سور سے زور آزمائی کی ہے یہ دیکھنے کے لئے کہ کون کس کو مار ڈالتا ہے۔ میں نے انسان کے ساتھ بھی زور آزمائی کی ہے۔ نیزہ بہ نیزہ اور سپر بہ سپر۔ یہ ہے تو خوفناک کام لیکن اس سے زیادہ لطف بھی کسی کام میں نہیں۔ میں اس کو لڑائی کہتا ہوں۔ جو کبھی لڑا نہیں وہ زندگی کا مزہ نہیں جانتا۔ یہی غرض مجھ کو ماں کے پاس لے آئی ہے۔"

آدم :- "اب تم کو ایک دوسرے سے کیا مطلب؟ وہ پیدا کرنے والی ہے اور تم فنا کرنے والے ہو۔"

قابیل :- "میں فنا کیسے کرسکتا ہوں تاوقتیکہ وہ پیدا نہ کرے۔ میں چاہتا

ہوں کہ نہ اور مرد پیدا کرتی رہے، اور ہاں عورتیں بھی — تاکہ وہ جب اپنی اپنی باری اور زیادہ مرد پیدا کریں، بے شمار مردوں کی جتنی کہ اس باغ کے ہزار درختوں کی پتیاں ہوں گی اُن سے بھی زیادہ مردوں کی ایک عظیم الشان تنظیم کا تصور میرے ذہن میں ہے۔ میں اُن کو دو بڑے فرقوں میں تقسیم کروں گا۔ ایک کا سردار میں خود بنوں گا۔ دوسرے کا وہ شخص جس سے میں سب سے زیادہ ڈروں۔ اور جس کو سب سے پہلے مار ڈالنا چاہوں۔ ذرا سوچو تو انسان کی یہ تمام جماعتیں آپس میں لڑتی مرتی ہوں گی۔ فتح کی پکار! جوش کے نعرے، مایوسی کے کوستے، دُکھ کی فریاد، یہ البتہ زندگی ہوگی۔ ایسی زندگی جو پوری طرح کام میں لائی گئی ہو آہٹ دیکھتی ہوئی اور طوفانی زندگی! جس نے اس کو نہ دیکھا ہوگا، نہ سُنا ہوگا، نہ محسوس کیا ہوگا اور نہ آزمایا ہوگا۔ وہ اس آدمی کے سامنے جس نے یہ سب کچھ کیا ہوگا اپنے کو ناچیز اور بے وقوف سمجھے گا۔

حوّا:۔" اور میں! میں صرف ایک آسان ذریعہ ہونگی مردوں کو پیدا کرنے کا تاکہ تم ان کو مار ڈالو۔"

آدم :۔ یا وہ تم کو مار ڈالیں ۔"

قابیل :۔ "ہاں! مردوں کو پیدا کرنا تمھارا حق ہے، تمھارا کام ہے۔ تمھاری تکلیف ہے۔ تمھارا وقار ہے اور تمھاری فتح ہے۔ تم میرے باپ کو جیسا کہ تم کہہ رہی ہو اس کے لئے محض اپنا ایک ذریعہ بنا لیتی ہو۔ اُسکو تمھارے لئے زمین کھودنی پڑتی ہے مشقت کرنی پڑتی ہے، چلنا پڑتا ہے، بالکل اُس بیل کی طرح جو زمین پھاڑنے میں اُس کو مدد دیتا ہے۔ یا اُس گدھے کی طرح جو اُسکی بار برداری کرتا ہے۔ کوئی عورت مجھ سے میرے باپ کی زندگی نہیں بسر کرا سکتی۔ میں شکار کروں گا، لڑوں گا اور اپنی رگ رگ کی قوت صرف کروں گا۔ جب اپنی جان خطرہ میں ڈال کر جنگلی سُور مار کر لاؤں گا تو میں اپنی عورت کے آگے لا کر ڈال دونگا کہ وہ اُس کو پکائے اور اُس کی محنتوں کے صلہ میں اسکو بھی ایک لقمہ دے دوں گا، اُس کو کوئی دوسری غذا نہیں ملے گی۔ اس سے وہ میری کنیز ہو جائے گی اور جو مجھ کو مار ڈالے گا وہ اسکو بحیثیت مالِ غنیمت کے لے جائے گا۔ مرد عورت کا مالک ہو گا نہ کہ اُس کا بچہ اور مزدور (آدم اپنا گُلند پھینک دیتا ہے اور غور سے

حوا کو دیکھنے لگتا ہے)

حوا :۔ "کیا تم آزمائش میں پڑ گئے؟ کیا ہماری آپس کی محبت سے تم کو یہ بات بہتر معلوم ہوتی ہے؟ ۔"

قابیل :۔ "محبت کا حال وہ کیا جانے؟ جب وہ لڑ چکے گا جب وہ خطرہ اور موت کا مقابلہ کرے گا۔ جب وہ اپنی قوت کا آخری جوش صرف کر کے جد و جہد کر چکے گا اُسی وقت اُس کو معلوم ہو گا کہ درحقیقت عورت کی آغوش میں محبت سے سکون حاصل کرنا کس کو کہتے ہیں؟ اُس عورت سے پوچھو جس کو تم نے پیدا کیا ہے اور جو میری بیوی ہے۔ کیا وہ میری اگلی روش کو پسند کرے گی جبکہ میں آدم کی پیروی کرتا تھا اور کھیتی اور مزدوری کرتا تھا؟ ۔"

حوا :۔ (غصہ میں چرخہ چھوڑ کر) "تمہارا منھ کہ یہاں آ کر لعا[1] پر ناز کرتے ہو جو کسی کام کی نہیں اور جو بدترین لڑکی اور بدترین بیوی ہے! تم اُسکے مالک ہو! تم تو آدم کے بیل یا اپنے رکھوال کتے سے بھی کہیں زیادہ اُسکے غلام ہو۔ بے شک جب تم اپنی جان خطرہ میں ڈال کر

---

[1] بائرن نے اپنے ڈرامہ قابیل میں قابیل کی بیوی کا نام عادہ بتایا ہے۔

جنگلی سور کا شکار کروگے تو اسکی محنتوں کے صلہ میں ایک لقمہ اسکے آگے بھی ڈال دوگے ! ہا ہا ! کم بخت ! کیا یہ سمجھتے ہو کہ میں اس سے یا اس سے زیادہ تم سے واقف نہیں ہوں ؟ کیا تمھاری جان اسوقت بھی خطرہ میں ہوتی ہے جب تم گلہری یا نیلی لومڑی کو مارتے ہو تا کہ وہ اُن کو اپنے جسم سے لٹکا کر عورت سے جانور بن جائے ؟ جب تم بے بس اور کمزور چڑیوں کو جال میں پھنساتے ہو صرف اس لئے کہ تم کو معمولی اور حلال غذا اکھانے میں تکلیف ہوتی ہے تو اسوقت کیسے سورما معلوم ہوتے ہو؟ تم شیر کو مارنے کے لئے ضرور اپنی جان خطرہ میں ڈالتے ہو ۔ لیکن اس کا چمڑا کس کو ملتا ہے جس کے لئے تم نے خطرہ کا سامان کیا؟ تم اُس کو اپنا بچھونا بنانے کے لئے لے لیتی ہے اور اس کا سڑا ہوا گوشت تمھارے آگے پھینک دیتی ہے جس کو تم کھا بھی نہیں سکتے ۔ تم لڑتے ہو اس لئے کہ سمجھتے ہو وہ اس سے تمھاری قدر کرتی ہے ۔ احمق ! وہ تم کو اس غرض سے لڑاتی ہے کہ تم اُس کو سامان آرائش اور مقتولوں کا مال لاکر دیتے ہو اور وہ لوگ جو تم سے ڈرتے ہیں اُسکو سونا چاندی اور

دولت دیتے رہتے ہیں۔ تم کہتے ہو کہ میں آدم کو محض ایک ذریعہ بنائے ہوئے ہوں! میں جو چرخہ چلاتی ہوں اور گھر کی نگرانی کرتی ہوں۔ اولاد پیدا کرتی ہوں اور اُن کی پرورش کرتی ہوں۔ میں جو ایک عورت اور مردوں کو پھانسنے اور اُن کا شکار کرنے کے لئے کوئی پالتو جانور نہیں ہوں۔ تم کیا ہو ایک بدبخت غلام جو چہرہ پہ ملمع کئے ہو، یا جانوروں کے سمور کی ایک گٹھری۔ جب میں نے پیدا کیا تھا تو تم ایک انسان کے بچے تھے اور لعا ایک انسان کی بچی۔ تم لوگوں نے اب اپنے کو کیا بنا ڈالا ہے؟۔

قابیل (نیزے کو ڈھال میں پہنا کر مونچھوں کو اینٹھتا ہوا) انسان سے بالاتر بھی کوئی چیز ہے "بطل" اور فوق الانسان"۔

حوّا :- فوق الانسان! تم فوق الانسان نہیں ہو۔ تم تو تحت الانسان ہو۔ تمہارا اور مردوں کے ساتھ وہی تعلق ہے جو سفید لومڑی کا خرگوش کے ساتھ ہے۔ اور لعا کا تمہارے ساتھ وہ تعلق ہے جو جونک کا سفید لومڑی کے ساتھ ہے۔ تم اپنے باپ کو حقیر سمجھتے ہو لیکن جب وہ مرے گا تو دنیا اُسکی زندگی کی وجہ سے زیادہ معمور

ہو چکی ہو گی۔ جب تم مر و گے تو لوگ کہیں گے وہ بڑا جنگجو تھا لیکن دُنیا کے لئے یہ بہتر ہوتا کہ وہ پیدا نہ ہوا ہوتا اور لعنت کے بارے میں وہ کچھ نہ کہیں گے۔ بلکہ جب اُسکو یاد کریں گے تو اُسکے نام پر تھوک دیں گے۔"

قابیل:۔" وہ ساتھ رکھنے کے لئے تم سے بہتر عورت ہے۔ اور اگر وہ بھی مجھ کو اُسی طرح ملامت کرتی جس طرح تم کر رہی ہو، یا جس طرح آدم کو ملامت کیا کرتی ہو تو میں اُس کو مارتے مارتے نیلا کر دیتا۔ میں نے ایسا کیا بھی ہے۔ اور تم کہتی ہو کہ میں غلام ہوں۔"

حوّا:۔ اسلئے کہ اس نے دوسرے مرد پر نگاہ ڈالی تھی، اور تم اُس کے قدموں پر گرے اور رو رو کر معافی مانگنے لگے اور پہلے سے دس گُنا اُسکے غلام ہو گئے اور وہ جب خوب گڑگڑا چکی اور اُس کا درد کم ہوا تو اُس نے تم کو معاف کر دیا۔ کیوں سچ ہے کہ نہیں؟"

قابیل:۔" وہ مجھ سے پہلے سے زیادہ محبت کرنے لگی۔ یہی عورت کی اصلی فطرت ہے۔"

حوّا :- (ماں کی طرح اُس پر ترس کھا کر) محبت ! تم اس کو محبت کہتے ہو ؟ اس کو عورت کی فطرت کہتے ہو ؟ میرے بچے ! اس کا نام نہ مرد ہے نہ عورت۔ نہ اس کو محبت کہتے ہیں نہ زندگی۔ تمھاری ہڈیوں میں اصلی طاقت نہیں ورنہ تمھارے جسم میں سستی ہے۔"

قابیل :- ہا ہا ! (اپنے نیزے کو پکڑ کر پوری طاقت سے گھوماتا ہے)

حوّا :- "ہاں ! تم کو خود اپنی طاقت کا اندازہ کرنے کے لئے چھڑی گھومانے کی ضرورت ہوتی ہے۔ تم زندگی کو بلا تلخ کئے ہوئے اور بلا کھولائے اُسکی لذت نہیں محسوس کر سکتے۔ تم لعا کی محبت نہیں کر سکتے جبتک کہ اُسکا چہرہ رنگا نہ ہو، تم اُس کے جسم کی گرمی نہیں محسوس کر سکتے۔ تاوقتیکہ وہ گلہری کے سمور سے ڈھکی نہ ہو، تم سوا دُکھ کے کچھ نہیں محسوس کر سکتے اور نہ سوا جھوٹ کے کسی چیز کا یقین کر سکتے۔ تم زندگی کے اُن کرشموں کو دیکھنے کے لئے سر بھی نہ اُٹھاؤ گے جو تمھارے چاروں طرف ہیں لیکن کوئی لڑائی ! موت دیکھنے کیلئے دس میل دوڑتے چلے جاؤ گے۔"

آدم :- "بس کہا جا چکا، لڑکے کو چھوڑ دو۔"

قابیل :- "لڑکا ! ہا ہا !"

حوا :۔ (آدم سے) تم شاید یہ سوچ رہے ہو کہ ممکن ہے اس کی طرزِ معاشرت تمہاری طرزِ معاشرت سے بہتر ہو۔ تم ابھی تک آزمائش میں مبتلا ہو۔ کیا تم بھی میرے ساتھ وہ سلوک کرو گے جو وہ اپنی عورت کے ساتھ کرتا ہے؟ کیا تم بھی شیر اور ریچھ کا شکار کرنا چاہتے ہو تا کہ میرے سونے کے لئے چمڑوں کی افراط ہو جائے؟ کیا میں بھی اپنا چہرہ رنگا کروں؟ اور اپنے بازوؤں کو نرم و نازک بنا کر خراب کر ڈالوں؟ کیا میں بھی فاختہ بٹیر اور بکری کے بچوں کا گوشت کھانے لگوں جن کا دودھ تم میرے لئے چرا کر لے آیا کرو گے؟ ۔"

آدم :۔" تمہارے ساتھ بسر کرنا یوں ہی ایک آزمائش ہے۔ جیسی ہو ویسی رہو۔ میں بھی جیسا ہوں ویسا رہوں گا۔"

قابیل :۔" تم میں سے کوئی زندگی کو نہیں جانتا، تم سیدھے سادے دیہاتی لوگ ہو، تم اُن بیلوں گدھوں اور کتوں کے غلام اور رکھوالے ہو جن کو تم نے اپنی ضرورتوں کے لئے پال رکھا ہے۔ میں تم کو ابھار کر اس سے زیادہ بلندی پر لا سکتا ہوں۔ میں نے ایک تدبیر سوچی ہے، کیوں نہ ہم اپنی خدمت کے لئے مردوں اور عورتوں کو پالیں، کیوں نہ بچپن ہی سے

ان کی اس طرح پرورش کریں کہ ان کو کسی دوسری اعلیٰ زندگی کا علم نہ ہونے پائے تاکہ وہ تسلیم کریں کہ ہم دیوتا ہیں اور وہ صرف اس لئے ہیں کہ ہماری زندگی کو شاندار بنائے رہیں؟“

آدم :- (مرعوب ہو کر) یہ تو بیشک ایک زبردست خیال ہے۔“

حوا :- (حقارت سے) ”زبردست خیال ہے! “

آدم :- ”ہاں! جیسا کہ سانپ کہا کرتا تھا ”کیوں نہیں“؟

حوا :- ”کیونکہ ان کمبختوں کو میں اپنے گھر میں نہیں رہنے دونگی۔ کیونکہ ایسے جانوروں سے مجھ کو سخت نفرت ہے جن کے دو سر ہوں۔ یا جن کے اعضا سوکھے ہوں، یا جو بدہیئت، ضدی اور خلاف فطرت ہوں۔ میں نے پہلے ہی قابیل سے کہدیا کہ وہ مرد نہیں ہے۔ اور نہ تم عورت ہے۔ دونوں رکشش ہیں اور اب تم اُن سے بھی زیادہ خلاف فطرت رکشش پیدا کرنا چاہتے ہو، تاکہ تم محض سُست اور بیکار ہو جاؤ اور تمھارے پالے ہوئے ”انسانی جانور“ محنت کو ایک گھُلنے والی بلا سمجھیں۔ اچھا خواب ہے کیا کہنا؟ (قابیل سے) تمھارا باپ تو صرف سطحی طور پر بے وقوف ہے اور تمھاری رگ و پے میں بیوقوفی

سمائی ہوئی ہے، اور تمھاری بیوی تم سے بھی زیادہ بیوقوف ہے۔"

آدم :۔ میں کیوں بے وقوف ہوں ؟ میں تم سے زیادہ بے وقوف کیسے ہو سکتا ہوں؟ "

حوا :۔ "تم نے کہا تھا کہ قتل کبھی نہیں ہو گا، اس لئے کہ "آواز" ہماری اولاد کو اس سے منع کرے گی، اُس نے قابیل کو کیوں نہیں منع کیا؟"

قابیل :۔ "اُس نے منع تو کیا تھا لیکن میں کوئی بچہ نہیں ہوں کہ ایک آواز سے ڈر جاؤں۔ "آواز" نے سمجھا تھا کہ میں بجز اپنے بھائی کا رکھوالا ہونے کے اور کچھ نہیں ہوں۔ اُس کو معلوم ہو گیا کہ "میں" میں ہوں اور ہابیل کو بھی وہی ہونا چاہیئے۔ اور اپنی نگرانی آپ کرنی چاہیئے جس طرح کہ میں اُس کا رکھوالا تھا اُس سے زیادہ وہ میرا رکھوالا نہیں تھا۔ پھر اُس نے مجھ کو کیوں نہ مار ڈالا؟ اگر مجھ کو کوئی روکنے والا نہیں تھا تو اُس کو بھی کوئی روکنے والا نہیں تھا شخصی مقابلہ تھا اور میں جیت گیا۔ میں پہلا فاتح تھا۔"

آدم :۔ "جب تم نے یہ سب سوچا تھا تو "آواز" نے تم سے کیا کہا تھا؟

قابیل:- کیوں ؟ اُس نے مجھ کو حق دے دیا تھا اور کہا تھا کہ یہ فعل مجھ پر ایک داغ ہے ، ایک جلا ہوا داغ تاکہ کوئی مجھ کو قتل نہ کر سکے ۔ جیسا کہ ہابیل اپنی بھیڑ پر لگا دیا کرتا تھا ۔ میں یہاں صحیح و سالم کھڑا ہوں اور جن بزدلوں نے کبھی قتل نہیں کیا ، جو اپنے بھائیوں کے رکھوالے بننے سے آسودہ ہیں وہ ذلیل سمجھ کر نظر انداز کر دئے جاتے ہیں اور خرگوشوں کی طرح مار ڈالے جاتے ہیں ۔ جو قابیل کا علم بردار ہوگا وہ دُنیا پر حکومت کریگا ۔ اور وہ ہار کر گر جائے گا تو اُس کا سات گنا بدلہ لیا جائے گا ۔ " آواز نے یہ کہدیا ہے ۔ لہذا تم کو اور دوسروں کو مجھ سے بغاوت کرتے وقت ہوشیار رہنا چاہئے "۔

آدم:- " لاف زنی اور گستاخی کو چھوڑو اور سچ سچ بتاؤ کیا " آواز " یہ نہیں کہتی کہ اگر کوئی دوسرا تم کو تمھارے بھائی کے قتل کے لئے مار ڈالنے کی جرأت نہیں کر سکتا تو تم خود اپنے کو مار ڈالو "۔

قابیل:- " نہیں "۔

آدم:- " اگر تم جھوٹ نہیں بولتے تو پھر انصاف ایزدی کوئی چیز نہیں "۔

ہابیل:- میں جھوٹ نہیں بولتا ۔ انصاف ایزدی ضرور ایک چیز ہے ۔

کیونکہ "آواز" مجھ سے کہتی ہے کہ میں اپنے کو ہر شخص کے سامنے پیش کروں، تاکہ اگر مجھے مار ڈال سکے تو مار ڈالے۔ بغیر خطرہ کے میں صاحب عظمت نہیں ہو سکتا۔ ہابیل کا خونبہا میں اسی صورت میں دے رہا ہوں۔ خطرہ اور خوف ہر ہر قدم پر میرے پیچھے ہیں۔ بغیر اُس کے ہمت کے کوئی معنی نہیں ہوتے۔ اور ہمت ہی وہ چیز ہے جو خون کو گرما کر لال اور پُر جلال بنا دیتی ہے۔"

آدم :- (اپنا کلند اُٹھا کر پھر کھودنے کی تیاری کرتا ہے) اچھا اب چلے جاؤ۔ تمھاری یہ پُر جلال زندگی ایک ہزار سال تک نہیں رہے گی۔ اور مجھ کو ایک ہزار سال تک رہنا ہے۔ تم سب اگر آپس میں، یا درندوں کے ساتھ لڑنے سے نہیں مروگے تو اس بلا سے مر جاؤ گے جو خود تمھارے اندر موجود ہے۔ تمھارا جسم انسان کے جسم کی طرح نہیں بلکہ اُس سماروغ کی طرح پرورش پاتا ہے جو درختوں پر اُگتا ہے۔ بجائے سانس لینے کے تم چھینکتے ہو اور کھانستے ہو اور آخر کار مُرجھا کر فنا ہو جاتے ہو۔

تمھاری آنتیں سڑ جاتی ہیں، تمھارے سر کے بال جھڑ جاتے ہیں۔

تمھارے دانت گندے ہو جاتے ہیں اور گر جاتے ہیں اور تم وقت سے پہلے مر جاتے ہو۔ نہ اس لئے کہ تم مرنا چاہتے ہو، بلکہ اس لئے کہ تم کو مرنا پڑتا ہے۔ میں کھیتی کروں گا اور زندہ رہوں گا۔"

قابیل: "اور تمھاری یہ ہزار برس کی زندگی تمھارے کس کام کی ہے۔ تم تو پرانی گھاس ہو۔ سو برس تک زمین کھودتے رہنے سے کیا اب تم بہتر کھودنے لگے ہو؟ میں اتنی مدت تک نہیں جیا ہوں جتنی مدت تک کہ تم جی چکے ہو۔ لیکن کھیتی کے فن کے متعلق جتنی باتیں ہو سکتی تھیں اُن کو میں جانتا ہوں اور اب اُس کو چھوڑ کر اُس سے بہتر فنون کے جاننے میں مشغول ہوں۔ میں لڑنا اور شکار کرنا، یعنی مار ڈالنے کا فن جانتا ہوں، تم کو اپنے ہزار برس جینے کا یقین کیسے ہو سکتا ہے؟ میں ابھی تم دونوں کو مار ڈال سکتا ہوں اور تم دو بھیڑوں سے زیادہ اپنی حفاظت نہیں کر سکتے۔ میں تم کو چھوڑ دیتا ہوں مگر دوسرے تم کو مار ڈال سکتے ہیں۔ کیوں نہ بہادری کے ساتھ زندگی بسر کرو اور جلد مر کر دوسروں کے لئے جگہ خالی کر دو۔ میں خود جو تم دونوں کے مقابلہ میں کہیں زیادہ فنون جانتا ہوں اپنے سے بیزار ہو جاتا ہوں

گر پڑنا یا شکار کھیلنا نہ ہو۔ ایسے ہزار برس گزارنے سے پہلے ہی میں اپنے کو مار ڈالوں۔ جیسا کہ اکثر "آواز" کی طرف سے تحریک ہوا کرتی ہے۔"

آدم :- "جھوٹے۔ ابھی تم کہہ رہے تھے کہ "آواز" ہابیل کی جان کے بدلے میں تمہاری جان کا مطالبہ نہیں کرتی۔"

قابیل :- "آواز" مجھ سے اس طرح نہیں مخاطب ہوتی جس طرح تم سے ہوا کرتی ہے۔ میں ایک جوان مرد ہوں اور تم ایک بوڑھے بچے، کوئی بچے اور جوان سے یکساں باتیں نہیں کرتا۔ اور جوان سُن کر چپ چاپ کانپنے نہیں لگتا بلکہ جواب دیتا ہے۔ اور وہ "آواز" سے اپنی تعظیم کراتا ہے اور آخر کار جو چاہتا ہے اُس سے کہلانے لگتا ہے۔"

آدم :- "اس بڑے بول پر تمہاری زبان غارت ہو۔"

حوا :- "اپنی زبان کو قابو میں رکھو اور میرے بچے کو کوسو مت! للت کی یہ غلطی تھی کہ اُس نے پیدا کرنے کی محنت کو مرد اور عورت کے درمیان غیر مساوی حصوں میں تقسیم کیا۔ قابیل! اگر ہابیل کے

پیدا کرنے کی محنت تم کو برداشت کرنی پڑتی یا اُس کے مرجانے پر دوسرا آدمی پیدا کرنا پڑتا تو تم اُس کو قتل نہ کرتے بلکہ اُسکی جان کو بچانے کے لئے اپنی جان کو خطرہ میں ڈالتے۔ یہی وجہ ہے کہ اس قسم کی بے سروپا گفتگو جس نے ابھی آدم کو لُبھالیا تھا، جبکہ وہ اپنا گُھٹنا پھینک کر تمھاری طرف تھوڑی دیر کے لئے متوجہ ہوگیا تھا۔ مجھ کو ایک گزرجانے والی ہوا معلوم ہوئی جو کسی لاش پر سے بہہ گئی ہو۔ یہی وجہ ہے کہ پیدا کرنے والی عورت اور زنا کرنے والے مرد کے درمیان دشمنی ہے۔ میں تم کو جانتی ہوں۔ تم آرام طلب اور نفس پرست ہو۔ زندگی کو پیدا کرنا محنت اور دشواری کا کام ہے جس کے لئے ایک مدت کی ضرورت ہے۔ دوسروں کی پیدا کی ہوئی زندگی کو چُرالے جانا آسان ہے۔ اور تھوڑی دیر کا کام ہے۔ جب تک تم کھیتی کرتے رہے تم دُنیا کو زندہ اور پیدا کرنے کے قابل بنائے ہوئے تھے جس طرح کہ میں زندہ ہوں اور پیدا کرتی ہوں۔ لالاشے نے تم کو اسی لئے عورتوں کی محنت سے آزاد رکھا تھا۔ چوری اور قتل کے لئے نہیں۔"

قابیل:- "شیطان اس کا شکرگزار ہو۔ میں اپنے پانوں تلے کی مٹی سے

ساتھ شوہر کا کھیل کھیلنے سے بہتر اپنے وقت کا مصرف نکال سکتا ہوں۔"

آدم :- "شیطان؟ یہ کون سا لفظ ہے؟"

قابیل :- "سنو! جب کبھی تم نے "آواز" کا ذکر کیا جو تم کو باتیں بتایا کرتی ہو تو میں نے کبھی دل لگا کر تمھاری بات نہیں سنی ہے۔ دو آوازیں ہونگی۔ ایک تو وہ جو تم کو ملامت کرتی ہے اور ناچیز سمجھتی ہے اور دوسری وہ جو میری تعظیم کرتی ہے اور مجھپر اعتماد رکھتی ہے۔ میں تمھاری آواز کو "شیطان کی آواز" کہتا ہوں۔ اور اپنی آواز کو "خدا کی آواز"۔"

آدم :- "میری آواز "زندگی کی آواز" ہے اور تمھاری آواز موت کی۔"

قابیل :- "اچھا! یوں ہی سہی، کیونکہ وہ مجھ سے کہتی ہے کہ موت درحقیقت موت نہیں ہے بلکہ ایک دروازہ ہے دوسری زندگی کا۔ ایسی زندگی جو زیادہ پر شور اور شان دار ہے، جو صرف روح کی زندگی ہے جس میں مٹی کے ڈھیلے یا تیشے یا بھوک اور تکان کا کوئی دخل نہیں۔

حوّا :- "نفس پرستی اور کاہلی کی زندگی قابیل میں خوب جانتی ہوں۔

قابیل :- "نفس پرستی کی زندگی۔ ہاں کیوں نہیں، ایسی زندگی جس میں کوئی

اپنے بھائی کی محافظت نہیں کرتا۔ اس لئے کہ اُس کا بھائی اپنی حفاظت آپ کر سکتا ہے۔ لیکن کیا میں کاہل ہوں؟ تھاری محنت کی زندگی کو چھوڑ کر کیا مجھے اُن آفتوں اور مصیبتوں کا مقابلہ کرنا نہیں پڑا ہے جن کا تم کو کوئی تجربہ نہیں۔ تیر ہاتھ میں تیشے سے ہلکا معلوم ہوتا ہے۔ لیکن جو طاقت تیر کو لڑنے والے کے سینہ میں اُتار دیتی ہے اور جو طاقت تیشے کو بے ضرر اور کثیف مٹی کے اندر پیوست کر دیتی ہے۔ ان دونوں میں آگ اور پانی کی نسبت ہے۔ میری طاقت دس کی طاقت کے برابر ہے۔ اس لئے کہ میرا دل پاک ہے۔"

آدم:۔ "یہ کیا لفظ ہے؟ پاک کے کیا معنی؟"

قابیل:۔ "جو مٹی سے منحرف ہو کر اوپر سورج اور صاف و شفاف آسمان کی طرف مائل ہو۔"

آدم:۔ "بچے! آسمان تو خلا ہے۔ لیکن زمین تو پھلوں سے معمور ہے۔ زمین ہم کو غذا دیتی ہے اور ہم کو وہ قوت بخشتی ہے جس سے ہم نے تم کو اور تمام بنی نوع انسان کو پیدا کیا۔ آج اُس مٹی سے بے تعلق ہو جاؤ، جس کو تم حقیر سمجھتے ہو تو بُری طرح برباد ہو جاؤ گے۔"

قابیل:- مجھ کو مٹی سے نفرت ہے۔ مجھ کو غذا سے نفرت ہے۔ تم کہتے ہو کہ زمین ہم کو لطافت بخشتی ہے۔ لیکن کیا یہی زمین غلیظ ہو کر ہم کو بیماریوں کا شکار نہیں بناتی؟ مجھ کو اس پیدا کرنے سے نفرت ہے جس پر تم کو اور ماں کو ناز ہے اور جو ہم کو پست کر کے جانوروں سے ہم سطح کر دیتا ہے۔ اگر انجام بھی یہی ہونا ہے جیسا کہ آغاز رہا ہے تو نوعِ انسان کا مٹ جانا اچھا۔ اگر مجھ کو ریچھ کی طرح پیٹ بھرنا ہے، اگر تم کو ریچھ کی طرح سپنے جھنکنا ہے تو میں بجائے انسان کے ریچھ ہونا پسند کروں گا، کیونکہ ریچھ اپنے سے شرماتا نہیں، اُس کو اپنے سے بہتر چیز کا علم نہیں ہوتا۔ اگر تم ریچھ کی طرح آسودہ ہو تو میں نہیں ہوں، تم اُس عورت کے ساتھ رہو جو تم کو بچے دے۔ میں اُس عورت کے پاس جاؤں گا جو مجھے خواب دے۔ تم اپنی غذا کے لئے زمین ٹٹولتے رہو۔ میں اپنی غذا اپنے تیر کے ذریعہ سے یا تو آسمان سے لے آؤنگا یا اُس وقت اس کو گرا دوں گا جبکہ وہ اپنی زندگی کے زعم میں زمین پر چلتی پھرتی ہوگی۔ اگر میرے لئے بس یہی دو صورتیں ہیں کہ غذا حاصل کروں یا مر جاؤں تو تو اپنی غذا کو جہاں تک ممکن ہوا زمین سے فاصلہ پر سے حاصل کرونگا

بیل قبل اس کے کہ وہ مجھے ملے گھاس سے بہتر غذا فراہم کرے گا اور چونکہ انسان بیل سے زیادہ برگزیدہ ہے اس لئے کسی دن میں اپنے دشمن کو کھانے کے لئے بیل دے دوں گا۔ اور اُس کو مار کر خود کھا جاؤنگا۔"

آدم :۔ راکشش اُشنتی ہو حوّا ؟ ۔"

حوّا :۔"تو اپنے مُنھ کو صاف اور شفاف آسمان کی طرف مائل کرنے سے یہی مُراد ہے۔ آدم خوری! بچوں کو کھا جانا، اس کا تو بالکل وہی انجام ہوگا جو میمنوں اور بکری کے بچوں کا ہوا تھا جبکہ ہابیل نے بھیڑ اور بکری سے شروع کیا تھا۔ آخر تم بیچارے احمق ہی رہے۔ کیا تم سمجھتے ہو کہ میں نے ان باتوں پر غور نہیں کیا ہے؟ میں جس کو بچہ جننے کی تکلیف برداشت کرنی پڑتی ہے اور جس کو کھانا تیار کرنے کی محنت گوارا کرنی ہوتی ہے، مجھے بھی اپنے بچے کے متعلق یہ خیال تھا کہ شاید میرا تھوی میکل اور بہادر لڑکا کسی بہتر چیز کا تصور کرے اور اُسکی خواہش کرے اور ممکن ہے اُس کا ارادہ بھی کرے، یہاں تک کہ اُسکو پیدا کرے، اور نتیجہ یہ ہو کہ وہ ریچھ ہونا اور بچوں کو کھا جانا چاہتا ہے۔ ریچھ بھی آدمی

کو نہ کھائے اگر اُس کو شہد ملتا ہے۔"

قابیل:- "میں ریچھ ہونا نہیں چاہتا اور نہ بچوں کو کھانا چاہتا ہوں۔ میں خود نہیں جانتا کہ میں کیا چاہتا ہوں سوائے اسکے کہ اس احمق بڈھے کسان سے کچھ بہتر ہونا چاہتا ہوں جس کو لِلتھ نے اس لئے بنایا تھا کہ مجھ کو پیدا کرنے میں تمھاری مدد کرے اور جس کو تم اب حقیر سمجھتی ہو اس لئے کہ وہ تمھاری غرض پوری کر چکا ہے۔"

آدم:- (غصہ سے بھڑک کر) جی چاہتا ہے کہ تم کو ابھی دکھا دوں کہ میرا کلند تمھارے نیزے کے ہوتے ہوئے تمھارے نافرمان سر کو دو ٹکڑے کر سکتا ہے۔"

قابیل:- "نافرمان! ہا ہا! (اپنے نیزے کو گھوما کر) آؤ سب کے بڈھے باپ آزما لو! لڑائی کا ذرا مزہ چکھ لو۔"

حوّا:- "بس بس احمقو! بیٹھ جاؤ اور خاموش ہو کر میری بات سنو! (آدم بیدلی سے اپنے شانوں کو حرکت دیکر تیشہ پھینک دیتا ہے۔ قابیل بھی ہنستا ہوا نیزہ اور ڈھال کو زمین پر ڈال دیتا ہے، دونوں بیٹھ جاتے ہیں: "میں نہیں کہہ سکتی کہ تم میں سے کون مجھ کو ذرا بھی آسودہ

کر رہا ہے۔ تم اپنی کھیتی سے یا وہ اپنے گندے قتل سے۔ میں سمجھتی ہوں کہ للتھ نے تم کو زندگی کے ان آسان طریقوں میں سے کسی کے لئے بھی آزاد نہیں کیا تھا (آدم سے) تم درختوں کی جڑ کھودتے ہو اور زمین کے اندر سے غلہ نکالتے ہو۔ آسمان سے کوئی خداداد غذا کیوں نہیں اُتارتے۔ وہ غذا کے لئے چوری اور قتل کرتا ہے۔ حیات بعد ممات پر بیکار شاعری کرتا ہے اور اپنی ہیبتناک زندگی کو خوشنما الفاظ میں اور اپنے مریض جسم کو اچھے کپڑوں میں تاکہ لوگ بجائے چور اور قاتل سمجھ کر کوسنے کے اُس کی عزت اور تعظیم کریں۔ آدم کے سوا تم سب انسان میری اولاد اور میری اولاد کی اولاد ہو۔ تم لوگ میرے پاس آتے ہو اور اپنی نمائش کرنا چاہتے ہو۔ مگر تمہاری ساری عقل اور قابلیت تمہاری ماں حوا کے سامنے غائب ہو جاتی ہے۔ کسان آتے ہیں لڑنے مرنے والے آتے ہیں۔ مگر میں دونوں سے یکساں اُکتا جاتی ہوں، کیونکہ وہ یا تو پچھلی فصل کی شکایت کرتے ہیں یا اپنی پچھلی لڑائی پر فخر کرتے ہیں۔ حالانکہ پچھلی فصل بالکل پہلی فصل کی سی ہوتی ہے اور پچھلی لڑائی محض پہلی لڑائی کا اعادہ ہوتی ہے۔ میں یہ سب ہزاروں بار سن چکی ہوں۔ بعض آکر اپنے سب سے

چھوٹے بچے کا ذکر کرتے ہیں کہ میرے ذہین اور پیارے بچے نے "کل" کہا ہے۔ یا یہ کہ وہ اور بچوں سے زیادہ انوکھا اور مسخرہ ہے، اور مجھ کو دلچسپی اور حیرت و مسرت کا اظہار کرنا پڑتا ہے، حالانکہ پچھلا لڑکا بالکل پہلے لڑکے کی طرح ہوتا ہے اور وہ کوئی ایسی نئی بات نہیں کرتا جس کو تمہارے اور ہابیل کے منہ سے سن کر میں نے اور آدم نے لطف نہ اٹھایا ہو۔ اس لئے کہ تم دونوں دنیا میں سب سے پہلے بچے تھے اور ہم کو اس حیرت و مسرت سے معمور کرتے تھے جس کو جب تک دنیا قائم رہے گی پھر کوئی دو شخص نہیں محسوس کر سکتے۔ جب میں پیدا کرنے کے قابل نہیں رہوں گی تو اپنے پرانے باغ میں جو خار و خس کا ایک انبار ہو رہا ہے چلی جاؤں گی اس خیال سے کہ شاید بات کرنے کے لئے پھر سانپ مل جائے لیکن سانپ کو تم نے ہمارا دشمن بنا دیا ہے۔ اس نے باغ چھوڑ دیا ہے، یا مر گیا ہے۔ میں اب اسکو کبھی نہیں دیکھتی، اس لئے مجھ کو واپس آنا پڑتا ہے اور آدم کی انھیں باتوں کو سننا پڑتا ہے جن کو دس ہزار بار سن چکے ہیں یا پر پوتے کی میزبانی کرنی پڑتی ہے جو اب جوان ہو چکا ہے اور اپنی عظمت سے مجھ کو مرعوب کرنا چاہتا ہے۔ اُف! کیسی تھکا دینے والی زندگی ہے

اور ابھی اسی طرح تقریباً سات سو سال کاٹنے ہونگے۔"

قابیل:۔ "غریب ماں! دیکھتی ہو زندگی کتنی طویل ہے۔ انسان ہر چیز سے تھک جاتا ہے۔"

آدم:۔ (حوا سے حقارت کے لہجہ میں) اگر تم کو شکایت کرنے کے سوا کوئی کام نہیں ہے تو تم کیوں جی رہی ہو؟"

حوا:۔ "اس لئے کہ ابھی اُمید باقی ہے۔"

قابیل:۔ "کس بات کی؟"

حوا:۔ تمہارے اور میرے خواب کے سچ ثابت ہونے کی۔ نئی اور بہتر چیزوں کے پیدا ہونے کی۔ میری اولاد اور میری اولاد کی اولاد یکساں ہیں اور نہ جنگجو۔ اُن میں سے بعض لوگ نہ کھیتی کریں گے نہ لڑائی وہ تم دونوں سے زیادہ کار آمد ہیں، وہ کمزور ہیں، بزدل ہیں اور نمائش کے دلدادہ ہیں تاہم وہ کثیف رہتے ہیں اور بال کاٹنے کی زحمت بھی گوارا نہیں کرتے۔ وہ قرض لیتے ہیں اور کبھی ادا نہیں کرتے۔ اس پر بھی اُن کو جس چیز کی ضرورت ہوتی ہے لوگ اُن کو دیدیتے ہیں اس لئے کہ وہ خوبصورت الفاظ میں خوبصورت جھوٹ

بوسکتے ہیں۔ وہ اپنے خواب کو یاد رکھ سکتے ہیں، وہ بلا سوئے ہوئے خواب دیکھ سکتے ہیں۔ اُن کی قوت ارادی ایسی نہیں کہ وہ بجائے خواب دیکھنے کے پیدا کرسکیں۔ لیکن سانپ نے کہا تھا کہ وہ لوگ جو زبردست اعتقاد رکھتے ہیں ہر خواب کو اپنے ارادہ سے پیدا کرسکتے ہیں۔ کچھ لوگ ایسے ہیں جو نئے سکے کاٹ کر اُن کو پھونکتے ہیں، جن سے ہوا میں آواز کے دلفریب نمونے پیدا ہوتے ہیں اور بعض تو ان مختلف نمونوں کو باہم ملا دیتے ہیں اور تین تین ٹکڑوں سے ایک ہی وقت آواز نکالتے ہیں اور میری روح کو ابھار کر اُن چیزوں تک پہونچا دیتے ہیں جن کے لئے میرے پاس الفاظ نہیں ہیں اور بعض مٹی کے جانور بناتے ہیں اور پتھر پر صورتیں کندہ کرتے ہیں اور مجھ سے کہتے ہیں کہ ان صورتوں کی عورتیں پیدا کرو۔ میں نے ان صورتوں پر غور کیا ہے اور پھر ارادہ کیا ہے اور ایک لڑکی بھی پیدا کی۔ ہے جواب بڑھ کر اُن صورتوں سے مل گئی ہے اور کچھ لوگ ہیں جو بغیر انگلیوں پر گنے ہوئے تعداد کو سوچ لیتے ہیں اور رات کے وقت آسمان کی طرف دیکھا کرتے ہیں۔ یہ لوگ ستاروں کے نام دکھا کرتے ہیں اور پہلے سے

یہ بتا سکتے ہیں کہ سورج کب سیاہ توے سے ڈھک جائے گا۔ طوبال کو دیکھو جس نے اس چرخہ کو بنا کر میری محنتوں کو بہت کچھ گھٹا دیا ہے۔ پھر حنوک کو دیکھو جو پہاڑیوں پر پھرا کرتا ہے اور برابر "آواز" کی باتیں سنا کرتا ہے۔ اُس نے اپنی مرضی کو اس "آواز" کی مرضی پوری کرنے کے لئے چھوڑ دیا ہے۔ خود اُس میں بہت کچھ "آواز" کی بزرگی آگئی ہے۔ جب یہ لوگ آتے ہیں تو ہمیشہ کوئی نہ کوئی نئی بات یا نئی اُمید ضرور ہوتی ہے اور زندہ رہنے کے لئے بہانہ مل جایا کرتا ہے وہ کبھی مرنا نہیں چاہتے، کیونکہ وہ ہمیشہ سیکھتے رہتے ہیں اور کوئی نہ کوئی اور چیز یا علم پیدا کرتے رہتے ہیں، اور اگر نہیں پیدا کرتے تو کم از کم اُن کے خواب دیکھتے رہتے ہیں اور اس کے بعد بھی قابیل تم اپنی لڑائی اور غارتگری پر احمقوں کی طرح اتراتے ہوئے آتے ہو اور مجھ سے کہتے ہو کہ "یہ سب نہایت شاندار ہے۔ میں شجاع ہوں اور موت یا موت کے خوف کے سوا کوئی دوسری چیز زندگی کو خوشگوار نہیں بنا سکتی۔" بس! شریر لڑکے یہاں سے چلے جاؤ اور تم آدم اپنا کام دیکھو اور اس کی باتیں سُننے میں اپنا وقت نہ ضائع کرو۔"

قابیل :- "میں شاید بہت عقلمند نہیں ہوں لیکن------"

حوا :- "(بات کاٹ کر) ہاں شاید نہیں ہو مگر اس پر ناز نہ کرو، یہ کوئی قابل تعریف بات نہیں ہے۔"

قابیل :- "تاہم ہاں! میرے اندر ایک بدیہی قوت ہے جو مجھ کو بتاتی ہے کہ کہ موت زندگی میں اپنا حصہ ضرور لیتی ہے۔ اچھا مجھے یہ بتاؤ کہ موت کو ایجاد کس نے کیا؟"

آدم چونک پڑتا ہے۔ حوا اپنا چرخہ چھوڑ دیتی ہے، اور دونوں انتہائی گھبراہٹ کا اظہار کرتے ہیں۔

قابیل :- "تم دونوں کو کیا ہو گیا ہے؟"

آدم :- "لڑکے! تم نے ہم سے ایک خوفناک سوال کیا ہے۔"

حوا :- "تم نے قتل ایجاد کیا۔ بس اتنا کہہ دینا کافی سمجھو۔

قابیل :- "قتل موت نہیں ہے۔ تم میرا مطلب سمجھتے ہو؟ جن کو میں قتل کرتا ہوں اگر ان کو چھوڑ دوں تو بھی وہ مر جائیں گے۔ اگر میں قتل نہ کیا جاؤں تو بھی مر جاؤں گا۔ مجھ کو اس میں کس نے مبتلا کیا۔ میں پوچھتا ہوں کہ موت کو کس نے ایجاد کیا۔"

آدم :۔ لڑکے! عقل کی بات کرو۔ کیا تم ہمیشہ کی زندگی برداشت کر سکتے تھے؟ تمہارا خیال ہے کہ برداشت کر سکتے تھے۔ چونکہ جانتے ہو کہ اپنے خیال کو آزما نہیں سکتے۔ مگر میں جانتا ہوں کہ دوام اور بقا کے خوف میں بیٹھ کر اپنی قسمت کو جھینکنا کیا معنی رکھتا ہے۔ ذرا غور تو کرو کبھی چھٹکارا نہ ہوتا اور دریا کے کنارے ریت کے جتنے ذرے ہیں اُن سے بھی زیادہ دنوں تک آدم ہی آدم رہنا اور پھر بھی انجام سے اسی قدر دور رہنا جس قدر کہ پہلے تھے! میرے اندر بہت کچھ ہے جس سے مجھ کو نفرت ہے اور جس کو میں نکال کر پھینک دینا چاہتا ہوں۔ اپنے والدین کے شکر گزار ہو جنھوں نے تم کو اس قابل بنایا کہ اپنا بوجھ نئے اور بہتر آدمیوں کے حوالہ کر دو اور اس طرح تمہارے لئے ہر ایک دائمی سکون مہیا کیا۔ کیونکہ ہمیں نے موت کو ایجاد کیا تھا۔"

قابیل :۔ (اُٹھ کر) "تم نے اچھا کیا۔ میں بھی ہمیشہ زندہ رہنا نہیں چاہتا لیکن اگر موت کو تم نے ایجاد کیا تو مجھ کو الزام نہ دو۔ کیونکہ میں موت کا خادم ہوں۔"

آدم :۔ "میں تم کو الزام نہیں دیتا۔ تم اطمینان سے چلے جاؤ۔ مجھے کھیتی کیلئے

اور اپنی ماں کو چرخہ کاتنے کے لئے چھوڑ دو۔"

قابیل:۔ "تم کو اس کے لئے چھوڑ دیتا ہوں لیکن میں نے تم لوگوں کو ایک بہتر راستہ دکھا دیا ہے۔ (ڈھال و نیزہ اُٹھا لیتا ہے) میں اپنے بہادر سورما دوستوں اور اُن کی حسین عورتوں کے پاس چلا جاؤنگا (کانٹوں کی دیوار کی طرف جاتا ہے) جب آدم زمین کھودا کرتا تھا اور حوا چرخہ چلایا کرتی تھی تو مہذب انسان کہاں تھے؟ (قہقہہ لگاتا ہوا جاتا ہے اور پھر چپ ہو کر دور سے پکارتا ہے) ہاں خصت!"

آدم:۔ (بڑبڑاتے ہوئے) ناکارہ کُتا! ٹٹی کو پھر بند کر سکتا تھا۔ (وہ خود ٹٹی کو راستہ میں کھڑی کر دیتا ہے) اُس کی اور اُسی قسم کے لوگوں کی بدولت موت زندگی پر غالب ہو جاتی ہے۔ اسی وقت دیکھو کہ میرے اکثر پوتے اور نواسے زندگی کو پوری طرح جاننے سے پہلے ہی مر جاتے ہیں۔"

آدم:۔ "کچھ پرواہ نہیں (اپنے ہاتھ پر تھوکتا ہے اور اپنا کُلند اُٹھا لیتا ہے) زراعت سیکھنے کے لئے زندگی ابھی کافی طویل ہے۔ اگرچہ یہ لوگ اسکو مختصر بنا رہے ہیں۔"

حوّا :- (سوچتے ہوئے) ہاں زراعت کے لئے اور لڑنے کے لئے لیکن کیا دوسرے اہم کاموں کیلئے بھی زندگی طویل ہے؟ کیا یہ لوگ اتنی مدت تک زندہ رہیں گے کہ ”من“ کھا سکیں؟“

آدم :- ”من کیا ہے؟“

حوّا :- ”وہ غذا جو آسمان سے لائی جائے، جو ہوا سے بنی ہو اور گندے طریقے سے زمین کھود کر نہ نکالی گئی ہو۔ کیا لوگ اپنی مختصر عمر میں تمام ستاروں کی رفتار جان لیں گے؟ حنوک کو تو آواز کی ترجمانی سیکھنے میں دو سو سال لگ گئے۔ جب وہ محض اسّی سال کا ایک بچہ تھا تو اُسکی آواز کو سمجھنے کی طفلانہ کوششیں قابیل کے غیض و غضب سے زیادہ خطرناک تھیں۔ جب اُنکی عمریں مختصر ہو جائیں گی تو لوگ کھیتی کریں گے، ماریں گے اور مریں گے اور اُنکے بچے حنوک اُن سے کہیں گے کہ آواز کی مرضی یہی ہے کہ وہ ہمیشہ یا تو کھیتی کرتے رہیں یا لڑتے اور مارتے مرتے رہیں۔“

آدم :- اگر وہ خود کاہل ہیں اور اُن کا ارادہ یہی ہے کہ مر جائیں تو میں اُن کو روک نہیں سکتا۔ میں ایک ہزار برس تک جیتا رہوں گا۔ اگر اُن کو یہ منظور نہیں تو وہ مر جائیں اور لعنت میں مبتلا رہیں۔“

حوّا :- لعنت؟ یہ کیا ہے ؟ "

آدم :- یہ اُن لوگوں کی حالت ہے جو موت کو زندگی پر ترجیح دیتے ہیں۔ تم چرخہ چلائے جاؤ بے کار نہ بیٹھی رہو جبکہ میں تمہارے لئے ہر رگ و پے کی قوت صرف کر رہا ہوں "

حوّا :- "(آہستہ سے چرخہ گھماتے ہوئے) اگر تم بے وقوف نہ ہوتے تو ہم دونوں کے لئے کھیتی اور چرخہ سے بہتر زندگی کا کوئی ذریعہ نکال لیتے "

آدم :- "اپنا کام کرو ورنہ بلا روٹی کے رہنا پڑے گا "

حوّا :- "انسان صرف روٹی سے زندہ نہیں رہیگا اور بھی کوئی چیز ہے۔ ہم ابھی نہیں جانتے کہ وہ کیا ہے۔ لیکن کسی روز ہم کو معلوم ہو جائیگا اور تب ہم تنہا اُسی سے زندگی بسر کریں گے اور پھر نہ کھیتی رہ جائیگی نہ چرخہ، نہ لڑنا ہو گا نہ مارنا

وہ مجبور ہو کر چرخہ چلاتی ہے اور آدم بے صبری کے ساتھ زمین کھودتا ہے۔

پر

کی مرتب کردہ کتاب

حیدرآباد دکن: کچھ یادیں کچھ جھلکیاں

بین الاقوامی ایڈیشن درج ذیل معروف بک اسٹورس پر دستیاب ہے

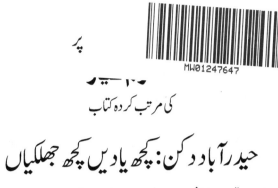

Barnes & Noble

Amazon.com

Ebay.com